我與打拳

舒國治 著

目次

輯二　摸索太極拳

自序

武藝少年

大家可能不知道，年輕時我不是「文藝少年」，倒比較是「武藝少年」。

一來和五十年代成長小孩有關；玩的都是蹲在地上的彈珠、圓牌，看的都是四郎眞平漫畫。　此種生態，養育出的孩童自然就很愛鬥劍啦殺刀啦。　看的電影，就希望是武士片（日本）或西部片（美國）。

直到高一，一九六八年，我參加了成功中學的國術社，在姜長根老師教導下，學了連步拳、功力拳、彈腿等他所謂的北派少林 太祖長拳一脈的拳。

這些被歸爲「外家拳」。

不久，姜老師也應了好幾個同學之請求，教了我們太極拳。　他打的，頗像拳書上楊澄甫拳照上的模樣，應當是「中央國術館」的統一教材的架式。　記不得是不是有一〇八式？總之，打完一趟，很久。

一年多後，我好像也不在國術社裏了。平常在家裏，也從沒溫習過這些拳術。　過了些日子，有一個叫王鳳亭的在《中央日報》上連載《練習功力拳》，我一看，那不是我們在學校學的嗎？　但也沒去重拾那些拳。

二十出頭後，比較注意上文藝，打拳之事似就拋到九霄雲外了。

然眞如此嗎？　我不知道。　只知我凡看武打片仍然興致盎然。我凡看公園打拳，便全神貫注。在舊書店翻書，動不動還是會翻看國術之書。　一九八七年哪怕只是驅車經過新英格蘭 Vermont 州的嬉皮風韻仍濃的 Brattleboro 鎮，在一咖啡館看人跳舞，看到一黑人的舞蹈中依稀是打著太極拳裏的「倒攆猴」招式，哇，那是何等的驚艷興奮！

可見，我是那麼的喜歡打拳這回事啊！

一九九〇年底返回台北。　我仍不時想著是不是應該在台大校園走著逛著時偶找一角落開始打起拳來？

又過了二十來年。　其間我也在這公園那校園瞎打了三招五招的這麼弄了百來次。

二〇一三年，我想，要不要「比較規矩」的開始打打太極拳？

於是每周一次去拳社裏練，如此又練了兩年。

如今十來年後回想，我究竟打了多少拳？

我打得勤嗎？　當然不勤。

打得好嗎？　當然也不算好。

打出什麼好效果嗎？　我不知道。　但我這裏想到寫一點，那裏想到又寫一點，許多連我自己都驚訝會寫出的小章節，像〈每次打二分鐘〉、「等捷運時不動聲色的站著打」、〈練出中軸線〉、〈我的貧窮與我的養生〉、〈把吃飯弄成吃藥〉…………等等，眞高興能寫在書上讓大家（不管是拳術大師、是健身者、修心之人等）隨意參考。

以下的這本書，是我跟著拳一起成長、一起構想人生雜事、一起遐思健康養生、跟拳一起躲在某些角落猶在玩賞那些個我的卑微年代種種不怎麼合時宜的偏荒審美…………等等所寫出來的一本小書，也是我近年的「我與」三部曲（《我與寫字》、《我與吃飯》、《我與打拳》）的最後一部，希望習慣讀散文的朋友，也能感到趣味。

二〇二五年春

輯一

我與打拳

緣起

十年前重拾太極拳，才打了兩星期，人問：「有何效果？」我稍想了一想，答：「覺得靈台清明。」

也可以說，還未必察覺腸胃如何了，肝腎如何了，心肺如何了，也當然還不能體會身上氣如何如何如何等，卻因站在那裏……又移動身體……又慢慢抬起手來、踩下腳去……等等，竟然使「靈台清澈」了，這已然很神奇了。

站出空間來

那時教我們的藍清雨老師，最先說的一句話，我特別記牢了。他說：「站出空間來。」

也就是，把身體的框架在行拳之前先框好。這包括，尾椎的倒數三、四節往下撐開。腰以上的脊椎向上挺起。頸椎微微上提，也就是「懸頂」。

這些姿勢擺放好了，便是你人的理想「空間」。將來打拳時氣血要走經的管道，便在於這些空間的通暢！

站出空間後，再稍以**意**命令這些環節放鬆。放鬆完，連**意**也不要了。

先練站

會站了，接著會站成放鬆狀態了，這已是小高手了。

也就是，站得好，打三式或打五式，就很有效果了。如連打都不打，只是純站，也會很厲害。那就是習稱的「站樁」。

站著不動，又站得舒服，那其實是很高的境界。你去看，人站在海邊，突然見鯨魚吐氣並游翔大海上，那時的專注之站，是很舒服又身上沒帶一絲意的。有時進到一山谷，見滿山的梨花盛開，一陣風來，梨花飛舞如飄雪，人站著一動也不動，只是張口盯看，這幾十秒的站，也像是身體不存在似的。這種「完全沒想是站」、「完全沒有枯站的不樂」，便是會令靈台清明的站功。

在家中站過幾個月，愈來愈能享受站的舒服、站的愉悅後，有時在頭城海邊剛好站著看龜山島，看著看著出了神，竟忘了自己是在站，就這麼一、二十分鐘都毫無感覺就飄過了。這種站，最可貴。

站著，只打一式，如起式。也是極有練氣的效果。

哪怕是打了幾十年拳的高手，偶爾打起式，也打得興味盎然。不打個一、二十下，不願停。

這是「單式之美」。

只練單式，也極有意思。

站着　只打一式　如起式
也是極有練氣的效果
哪怕是打了幾十年拳的
高手　偶而打起式　也打
得興味盎然　不打個
一二十下　不願停

舒國治

像只打「雲手」，一打打個三十下，根本也像一趟短拳了。

但打都不打，只站，亦很妙也。

站著，兩手抱於胸前。　抱著抱著，突然想把兩手的圈抱得縮小一些，像把你心愛的人抱得更緊些（像奶奶抱著即將分別的小孫子）那種。　接著再放回原先的大圈。　又抱了一下，你想把兩手中間的虛球撫摩一番，先是右手向後撫轉、再左手向前撫轉；這麼撫轉個幾下。　不久把雙手放了下來，放到了小腹前，像是捧著這個虛球。一下把球向上抱高一點，再一下又把球緩緩放下到小腹。如此抱高再放低，也微有「輕輕擠動球的氣」的作用。　這些「以手夾氣」的動作，是站樁時不願枯站所做出來的玩意兒，有時亦可視爲「站著不動」前的暖身調形。

站著，手也不動，腳也不動，只微微動腰胯與極少的頸椎，令外界幾乎看不出來，這也是極好的打拳。

我常在等捷運的兩三分鐘時，只能這麼不動聲色的打拳。

不動手也不動腳，甚至也不傾斜身軀、不轉頭、不蹲屁股，如此的來打拳，那也能打嗎？

可以。

把外在的手啊 腳啊 胸腹屁股啊 都不動，全改在身體內部管線的隱隱流動也！

也就是，呼吸。

呼吸

把內臟收束，收束成細小了（此時氣呼掉），再慢慢的擴張，擴張成飽滿了（此時氣吸滿），便是一息。　這如同打拳的一式，也就是「先合再開」。

呼吸，指的是這個。　但未必要用鼻子深深的把空氣努力的吸進鼻腔 再使勁的推進肺裏那一套。　乃那太過折騰鼻子與肺了。　並且，也太像西洋式運動了。

我此處所說的「呼吸」，比較是全身性的「進氣」與「出氣」。

當吸時，鼻子只輕輕的、不當一回事的、細細的，吸進微微的氣。同時全身皮膚、頭頂百會穴、兩肩的肩井穴，皆引進了光、熱、能量、與氣。

然後這些能量進入體腔，滑入喉、胸、腹（百會的那一股），滑入兩脅再進入兩大腿內側（肩井的那兩股），並合在一起（在會陰附近），再一同滑入兩腳湧泉穴進入地底。這時候恰好是呼氣的時候。

初練時，命門會稍弓。接著勁源處也稍弓，此爲了將氣提往督脈最頂端（也就是百會），接著再將弓放平，令氣自任脈滑下。愈放鬆，氣愈行得遠。

不管是站著，或坐著，完全沒想呼吸，過了七、八分鐘，覺得小腹很想深深的收進並鼓出，接著很大口的呼出一口深氣！這就是最要往「舒服」上去的狀態。

隨後有三、五口吸與呼，皆是「氣到了深處」的好結果。這說明了一事，練呼吸，不需自己去深吸與深呼，只要自己放鬆與安靜，不久，氣就自己深了。

這便是我揣摩的內家拳約略也。

另外，古人說的「小周天」行氣法，如下：

吸氣時，假想氣自腳底踩下所彈的隱隱氣流　自雙腿外側上升、至會陰、再至臀後沿尾椎兩側上行、沿督脈、過玉枕、至百會、然後下行(此時呼氣)，自喉頭附近沿任脈往下、入丹田、再下流注至會陰、沿雙腿內側、入於腳底。

至於用手用腳移動身形，乃更增舞蹈之美，並多出了極多新鮮美妙的中途路程！

當然，把這些百會上的、肩井上的、喉頭上的氣　吸入並滑下身軀內部，有賴極高度的「鬆」與極深度的「靜」。　這是需要一些時日與恆心。

正因爲體內的氣不是這麼快得到，於是才慢慢的每天行拳，打著打著，過了一些時日，氣竟然得著了。

所以打拳是打恆心。是每日做一些外在的動作，而等待內在蘊涵蓄積的一絲一絲修爲，終於形成。

a、說幾句「六字訣」

六字訣是用大力「吸氣」和大力「呼氣」來達到嘴形出氣的功法。所以也是呼吸　的　一種氣功。

六個嘴形，對應著六個臟腑。藉著撮出這個嘴形，並呼氣（長長的綿綿的），以達到灌溉並抒通那個對應的臟腑。像肝臟，則嘴要發「噓」形。先放鬆，吸一口長氣，稍停半秒，嘴做「噓」音之狀，開始吐氣，吐得愈長愈好。噓時，有的功法將兩手按在右脅的肝臟，意想在噓出氣同時肝的血管與經絡獲得氣流經過的疏通。此指手的招式也。

像肺臟，嘴要發「嘶」音。嘶出氣時，兩手向上托至最高處。像脾胃，嘴要發「呼」音。呼出氣時，兩手按在胃的位置。像心臟，嘴要發「呵」音。此時手按在心窩位置。像三焦，嘴要發「嘻」音。至若腎臟，要發「吹」音。

b、說幾句《科學內功》

在上世紀六十年代，我買過一本對小孩子而言相當昂貴的練功書，叫《科學內功》，作者叫劉鋤強（可見我多麼迷練內功！）。

這書在報上登廣告，然後你必須到郵局去函購（而不是書店就能買到。也於是你不能先翻看再決定）。所以，當我收到書時，心中有一股「珍貴不易得」的感覺。

它的功法，是教人先吸氣、吸滿、略停一秒，將手擱在「你的患處」，然後吐氣。吐完，手鬆掉。第二息再吸，再停，吐氣時再把手輕輕按搭其上，緩緩吐完。

如你要治療心，則將兩手按在心口。如要治胃，則將兩手按在上腹。如要治腎，則將兩手背到後腰，按在腎處。

此處說的兩手，是兩手的指尖。而按，是輕輕的搭著，但卻「帶著意」。

如要治喉嚨，便將兩手按搭在喉嚨（喉結的突骨之下）。　如要治頭，便將兩手手尖按搭在頭頂百會上。　甚至也可按搭在額頭上（如你想治的，是額頭）。

同理，如你想治兩邊的太陽穴，那就按在太陽穴上。　想治腦後的風池穴，那就擱在風池穴的位置。

也同理，想治生殖器附近的管線，也可在吐氣時將兩手按搭在恥骨兩側。或按搭在小腹的低下處（下丹田）等等。

我多年後回想揣測（我六十年前根本沒練過幾天。後來就忘了。　前年我又莫名其妙稍稍想了起來），應該這功法最精要之處是——教人全身放鬆來藉由呼吸把氣「提示」到手按之點，以達到通暢患處！

而這兩手的指尖之按搭，其實做的工作，是意。

吸玩了，停一秒，再吐。　這吐，是爲了放鬆。　全身皆鬆，惟有很小的一點不鬆，便是手搭的那一患處。　乃要以全身之鬆，來把各方的能量輸到患處去也！

我只能這麼揣想。

每次打二分鐘

那些腳下踩扁的小氣球，手上自肩胛滑至手心的小球，皆是慢慢才會浮出來的。

但行拳，即使勤，看來只能部分的得氣。其餘會得到的氣，或許來自無心。像心無所寄啦，像呆坐睡去啦，像孩童的天眞無邪啦，像登山無意間觀到了雲海啦，像老人的渾渾噩噩啦，像連續讀十小時令你入迷的書啦，在這些事態之後，突然覺得全身舒泰，如同是眞氣充盈似的。

因此，這是放鬆的大功能。

打拳也要追求放鬆。放鬆的打拳，有點像閉著眼睛在打，且自己忘了是在打拳。打著打著像是睡著了還在打的那種（幾乎像是夢遊了！）。然打拳放到的鬆，未必強於讀長時入迷的好書之鬆。而讀好書之鬆，和登山觀雲海獲得之鬆也不一樣。

但那種鬆未必是每日平常，還不如潛心一招一式每天無事打拳。並且打到每一招式皆似渾然不存卻又皆有自己深刻見地的美學拿捏。此一刻也，已是高境。

只打兩式，並一直重複，這種練法，我覺得最惠人。

這就像彈古典吉他有些étude（練習曲）那種練法。不管是Villa Lobos或是Sor那種編出的短曲。

要願意只為了起落打上二、三十回，或為了開合打上二、三十回，這種在兩式中反複的打，便是打拳練氣的樂趣。

我有頗長時間忙於別事，每日並不打拳；卻仍打一種懶人拳。別人問：「怎麼打？」我答：「每天打二十分鐘，分成十次，每次打二分鐘。怎麼打呢？就只把雙手推出去再滑下來，此爲一式，如此打它個一、二十下，二分鐘就到了。」

所謂把拳打得簡，是你從學過、又打過幾十年的單鞭、摟膝拗步、雲手、白鶴亮翅、手揮琵琶、掤攌擠按等各招各式裏只挑出兩三式來打。甚至連一式也不取來打。

只打成你自己隨心的抬手滑肘、壓球入水、頭頂棉花、臀坐船板、手抱樹幹……等的不怎麼成招式的恍惚之樣卽可。

打拳要打得簡，哇，那是談何容易之事。鄭子三十七式，說是簡化了楊式之拳，但眞嚮往簡略，斷不是鄭子之拳！

把拳打成簡，也可想成：如同把手背在身後來行拳之理。乃只專注在脊椎與腰胯之開合起落，少再將心思投在手足上也。

但只要是「打一趟拳」，不管是二十四或三十七式，是多少式，都已然不簡了。

絕不可有「一趟」之念。就只打最基本幾個樣子，就可。別打招式。招式最誤人。乃你別妄想以這幾招式來打人。所以不學招式可也！只學幾個樣子，像按球入水，像壓葉前行，像抱球擠胸等。

打拳要打淂簡
哇　那是談何容易
之事　鄭子三十七式
説是簡化了楊式之拳
但真嚮往簡略　斷不
是　鄭子之拳
拳要簡　手的招式要
少　也可想成　把手背
在身後來　行拳也

舒國治

但打招式也眞迷人，乃有舞蹈之美。　只是要練內功，或要拋開打招式之想。拳要簡，手的花樣要少。像單鞭，可以不打。雲手，很好的招式，偶可只用臂、不用手。馮志強的左右兩手，一下右上左下，接著左上右下，亦是好招。

摟膝拗步，降下時，用了太多空間，亦可不打。若打，打小一點。

把「打兩式」打上個好些年，後來又很想「打整趟拳」了，那就是更美妙的境界也。　乃你又有了舞蹈之心矣。　並且，這時打出的一整趟，常是你自己創出來的！

設法獲得ＡＴＰ

有時對著少少的幾樣食物，像清燙的幾片牛肉、一小撮炒得熟軟的野菜、一小碟菜飯（四分之一碗）、一小撮糯米椒丁炒蘿蔔乾、幾片白切雞、一碗煮得爛爛的味噌蘿蔔湯，這麼小口小口的咀嚼且細細嘗著，愈吃愈感到似像一絲絲吃進了精華的「能量」，雖是很幽微不顯的，像幾乎覺察不來，但你很想去假設，假設這有點像打拳打到快蘊出「能量」的這種感覺。也像睡一個深度入靜的兩小時火車瞌睡、醒來後的極有精神那種。

這有一點想讓我稱它是：吃到了它產生ＡＴＰ（三磷酸腺苷）那種感覺。也像打拳或打坐或站樁站到了獲得ＡＴＰ的狀態。

也就是說，這種吃，或這種練功（打拳、站樁……）要細微的將它邊吃邊運化且流貫入幾處內臟或氣血管道。

打拳當然也是。　要邊打邊將帶動的氣很幽微的、悄悄不爲人知的、靜到無聲的、且極鬆的、又沒有「意」的，進到你身體的深處！　這便是我的藉著西洋生物化學，用ＡＴＰ的理論。

武俠小說中，高人把少年的傷，用自己一甲子的功力，透過手掌貫入少年的背部，靜靜的，一絲絲的，當少年的頭頂冒出了淺淺的霧氣，接著他的臉色也呈粉紅了，這時他就將近復原了。

我說，這可以假想高人把ＡＴＰ令之在少年體內逐漸生成。當ＡＴＰ很豐足並活躍化時，便是最好的藥！

身上有一種體能中的「精微物質」，或可解釋成ＡＴＰ；人要在咀嚼中、在閉目養神中、在打坐中、在站樁中、在打拳中…………設法獲得它。

以食物在口中咀嚼言，像咬一口魚唇的黏膜，再嚼一小口煮得甚透又微黏的飯，再吃幾絲燉得甚溫潤的白菜滷，再咬一小撮親子丼的蛋漿(與洋蔥絲與味醂同炒)…………這種每口小小的又咬嚼很細緻的吃飯法，是在嘴巴裏嚼成「藥」的方法，讓我有一種想像：好像馬上便吃進了ATP似的。應該吃完沒一二十分鐘就身上能量滿滿，又可立然上戰場了。

所以東西要燒煮得夠香、夠黏軟、夠吸引口齒與舌喉、夠容易滑入胃中。接著就是吃得少一些，吃得慢嚼一些，吃得更輕鬆無擾一些…………如此根本就已經是練功了嘛！這就像打拳打得安靜輕鬆到像什麼都沒有的那種快睡著了一般。

簡，但深邃

要把哪怕只是呼吸，也要說得其實是浸淫於高手電影多年後才悟出的美學那麼的精湛也。

每天都做的事，做了一輩子，像走路，像吃飯，甚至像講話，但也要在別的藝術之深刻鑽研後，再回視那些簡易之事，方知把它做到精妙、高明，也才是更更美好之舉也。

比方說，你把樁站得好，把呼吸吸得好；是很多年這麼練、那麼練之後逐漸體悟出來的。並且，還不只是練而已，是生活，是遊歷，是吃苦，是顛沛，是回首前程，是恍然大悟…………而後發現，竟然會站了，竟然更會呼吸了！

要把哪怕只是呼吸也要
說得其實是浸淫於高
手電影多年後才悟出
的美學那麼的精湛也
每天都做的事做了一

輩子像走路像吃飯甚
至像講話 但也要在別的
藝術之深刻鑽研後再
回視那些簡易之事方知
把它做到精妙高超 也才
是更更美好之舉也

舒國治

但這種體悟，它核心是「放鬆」。　也就是，不當一回事。　然懂「放鬆」，常是看過專注電影、鑽研過詩詞的千錘百鍊之字句推敲，走過長途山谷、細細聆聽過古典音樂之音階起伏的微妙……………而後獲得的。　要鬆到整個人只有一根細細的脊柱在站，其他的筋肉都鬆空到不存在了似的。

氣，有時不是「練」出來的，是「等」出來的。

但，你如不做一些「練」的動作，它又不會自己冒出來。　然你一直練一直練，它是否就有，不見得。只是時機到了，氣竟然自己出來了。

人人皆呼吸，然誰說得出精微之處

於呼吸亦然。　要鬆到全身只有鼻腔輕輕吸入極多極多的氣。　而氣走的全身其他各處細管，全是鬆鬆軟軟的只供氣微微通過，否則只是塌軟在那兒。

太多的雜務，太多的世俗需索，令「鬆」是何等的不易獲得！

這種放鬆的練法，也可能來自廣讀文學、來自廣看高妙電影、來自看山看水、來自彈了整晚的吉他…………噫，人生的歷練所獲知的審美眼界，當然，能用在吃飯上，也能用在練功上！

氣只是一個覘測的方法。我愛講的那句話，「世道再難，也要呼吸順暢」，指的便是做任何事順不順心、樂不樂意，看氣通不通暢就知矣！

懂得練出放鬆，遠處傳來不良氣場的訊息，也一霎時就知道

有時要參加一場隆重的晚宴，又有佛跳牆又有鮑魚、花膠什麼的，單單得知這類訊息時，馬上想像等下要去之地氣場之不良，而這當兒，自己身上的氣已不甚通暢矣。

在國外下榻有點昂貴，又不能開窗的高級飯店，也叫人氣不順適。反而在日本入住東橫Inn，知悉它的窗能開（哪怕是一小道縫），馬上覺得氣就通暢了。

人把很多和別人調融的情態（如請人吃飯必吃鮑魚…………）弄成緊束，則自然的好氣場就弄僵了。

只有本質、只有核心，只有眞，而不加框飾、不加堆疊的作品（不管是飯菜、是電影、是園林、是住房、是寫東西、是拳法、是講說事情、是待人接物⋯⋯⋯），才是最見眞章的東西。

將來也一定是大家追求的潮流！

氣功，我看了那麼多的書，發現根本不是外形的功法，而比較是精神面的練法。

那些書本，花很多篇幅說兩腳打開、與肩同寬…………垂肩、收下巴…………但到了核心的部分，竟然說得甚少。　爲什麼？　因爲教人放鬆，能用的文字，奇怪，在氣功書上，竟然是頗難的！

氣功的核心，是內在。　是鬆，是靜，是無，是空，甚至是返回童騃，是人生無所追求…………而這些東西，都用不上太多描述，用不了什麼文字。哇，怎麼辦？那就別用文字。　就像最感動人的鏡頭，就定著拍，別說話，也別配音樂。

站樁站著不動，是氣功。　盤腿坐著不動，眼如垂簾，也是氣功。　八段錦搖頭擺尾去心火，也是氣功。「六字訣」噓肝、呵心、呬肺等，也是氣功。　太極拳掤攌擠按，也是氣功。諸葛亮無事抱膝，也是一種氣功。嬰兒熟睡，根本就是氣功。而嬰兒並不「練」氣功，他隨時都在氣功狀態中！

故而人要設法在氣功的狀態裏，而不是一直要去練它。

你要保持它。　而不用矢意去練它。

站樁 站着不動 是氣功 盤腿
坐着不動 眼如垂簾 也是氣
功 八段錦 搖頭擺尾去心火
也是氣功 六字訣噓肝呵心呬肺
等也是氣功 諸葛亮無事抱
膝也是一種氣功 嬰兒熟睡根
本就是氣功 而嬰兒並不練氣
功 他隨時都在氣功狀態中

舒國治

副交感神經

副交感神經之引活。　亦卽把白天過成夜晚。如白天已很活絡、充實，則早些進入何事亦不做的夜晚。如白天不忙，則令白天皆在空想、皆在看車窗外、皆在火車上打瞌睡、皆在慢慢翻著推理小說、皆在老電影院中觀賞經典老片。

副交感神經躲在身體之深僻處，很隱忍的。你只有極度的無事、極度的安靜、極度的無求、極度的放鬆，才得將它派上工作的場域。　而副交感神經一旦做上事了，所有的病痛皆進入「調整好的」(tuned)、自我修復之狀態。

其實看就看得出來

誰的拳打得好，在公園裏一看就知道。　他打出得很不多，但你知道他內涵很深厚。　就像導演的用鏡頭，這拍一鏡頭、那拍一鏡頭，拍得滿滿的，絕對是低手！

把飯菜擺上桌亦然。只擺少少四五個菜，每一樣都教人極度想吃，這才是善烹之人。

何種樣的四五個菜呢？　能舉些例嗎？

可以。　便是：

一、蒸一兩尾放了三四薄片東坡肉切下來的黑鯸（頗像黃魚肉質之魚），如此魚能吃、回鍋肉能吃、蔥段能吃，甚至豆腐也能吃（豆腐擱五六塊）、魚汁還能澆飯上的一盤菜。

二、茭白筍絲、櫛瓜絲的雙絲炒蛋。如有小蝦仁，亦可擱入十幾隻。

三、骰子牛肉丁炒去籽糯米椒、荷蘭豆。

四、炒青菜（或A菜、或豆苗、或空心菜、或芥蘭、或塌棵菜、或草頭⋯⋯⋯）

五、大頭菜燒成的菜飯。

飯與藥。 運動與練功

a、把吃飯弄成吃藥的訣竅

好好吃飯，意味把好的食物細細嚼進嘴裏，再快樂的嚥進食道，再滿足的送進胃，卻又不過飽過撐，最後安詳的躺在腸裏……這樣的飯，其實就是藥了。

它的核心，在於「本能療法」。也就是，人的本能，是完全可以治病的，就像動物亦然。本能可呈顯在嗅覺、味覺上，當某種食物的香味飄了過來，你嗅著了，腦中產生快樂的舒暢感，這是於健康有益的療效。接著這食物端到面前，你放進嘴裏咬了幾下，口中布滿了奔跳的唾液，這唾液同食物的碎片攪在一起，渾然釋出了香酥美醇的滋味，隨卽自喉嚨嚥滑下去，這一當兒，腦中的興奮與滿足更豐厚了，這一來，於健康更加大大有益了。

接著這食物泥團，進了胃，又有胃酸繼續混入碾磨。最後進入腸，慢慢揉塑推壓，到了次日成爲一條完整的大便從肛門順利的排了出來，這便是一段完備的療癒過程。

食物泥團既須進入胃壁與腸壁，兩者之間的最安全介質，是消化液（如唾液）。有它來幫食渣定形，最能在次日塑成完美的便形。

唾液是動物極珍貴的分泌物，有了它，能保護食管、囊袋的表面，更別說它有消毒之功能。

一般言，唾液最受動物性蛋白質之誘引，如一鍋紅燒肉飄出的香味；但大量的肉食如不適於某些人的養生式攝食，這時有另一方法，便是咀嚼。反覆的咀嚼，不但可持續釋出唾液，連平淡的食材（如素的食物）亦能嚼出香美鮮韻。

唾液最喜與牙齒碾出的屑屑相結合，如松子、花生、開心果等這類堅果；另外，像飯、玉米等糧食類，這些被咬嚼過後成了屑屑粉粉的東西，一碰上唾液便結成半化解的藥餌，然後入胃，再入腸，一兩小時後，在我們的身體裏已成了藥。正因它要沾化屑屑，於是有些不易成屑的東西，尤其像勾了芡的東西，它外層包了一張不易融解的膜，這便可惜了，就像坊間的肉圓、水晶餃、蚵仔煎等摻粉、勾芡之物，在養生攝食上，便是不易分解也。

雜糧飯（糙米、紅豆、綠豆、野米、鐵棍山藥）是最好的咀嚼物，亦是放入胃腸最理想的主質。然要把雜糧飯愈嚼愈覺美味，尚有配菜這一層。

最讓我喜歡的配菜，是芥菜梗煒得爛爛的，嚼下時極有滋味，不捨得一下子就把它吞入。嚼上十來下，更是香美，吃一兩莖菜梗，再進一口飯，同嚼同品它混合後的味道，是一樁快樂的吃食經驗。

如今大夥飯吃得沒那麼多了，一碗雜糧飯可以配許多菜。既耐嚼又愈發出滋味的菜，像鹹菜炒黃豆芽。黃豆芽是一款很不易迸散出鮮味的食材，然細嚼它，它不但營養甚豐厚，亦是佳味，並且它是與穀類、些微肉類、葉菜類皆極適合融於一道而後塡塞在腸子裏的好東西。

這些年「飯水分離」之論又被提起，卽吃飯時不喝水（包括湯、飲料、咖啡、茶、果汁），喝水時便不吃東西。故而最簡之法，便是在飯前飯後各二小時才去喝水。

吃飯，乾乾的來吃，乃爲了一，不沖淡唾液、胃酸；二，令咀嚼來親嘗食物之眞味與原質；三，保持食物恰好的乾溼度。

正因咀嚼，生菜之量、水果之量皆不可太多，免得有寒涼之弊。也正因不喝水，恰不可多吃油炸物。

有人飯吃不太下，便以湯水沖下，表面上飯是進入肚子了，然在胃腸中消化不完整，吸收進血液的，不近於胺基酸，而比較是乙肽，這於體質上會產生易過敏、易發炎、火氣大、免疫下降等逐漸結果，可見細嚼慢嚥是何等要緊。

（二〇一六年六月二十日《聯合報》名人堂）

b、再說吃飯與吃藥

一尾蒸好的魚，把大塊魚肉挾下，與大口飯同吃，這麼大口大口的吃，是「吃飯」。把魚眼框的小撮肉與魚腦很小口的吮吸與析取，吃進嘴裏還唇舌並用的嚼著咀著，卻只攝取到一絲絲的膜汁，但很珍惜的吞進喉嚨裡，這便是「吃藥」。

白米飯是一碗兩碗吃進嘴裡的，這是「吃飯」。而把藜麥泡水後蒸熟，吃呢只吃一小撮，又必須細細咀嚼，這便是「吃藥」。

吃一大碗牛肉麵，吃二十個餃子，吃一盤蛋炒飯…………這麼酣暢的吃下，都是我說的「吃飯」。　但這當兒我慢慢嚼著羽衣甘藍，生的，毫無調味的，但愈吃愈感到口腔清爽，這是「吃藥」。　我們何妨在吃飯的段落中也偶吃藥！

下午四點，我常餓了，或者是，饞了，若看到水煎包或是燒餅或是烤紅薯，我會大口就吃。　某次我想，如果這時有帶莢的水煮毛豆，我何不吃他十幾二十莢毛豆，而取代吃燒餅水煎包？　我會有此念頭，其實是養生之想。也就是吃藥代替吃飯！

人漸老，愈發想的是：飯要漸吃少，而把藥要吃多。　也就是大塊的紅燒肉和大口的白飯，這種快吞吃法可以少些；而咀嚼魚唇魚腦的膠膜，再少少嚼著藜麥那種細膩吃法則不妨多些！　便是多吃藥而少吃飯也。

而健身之運動，也要多靜坐或多輕手打拳來取代努力跑步與強勁登山。乃前者像「吃藥」而後者像「吃飯」。

c、把運動弄成練功

呼吸的巧技亦是。多做深長卻輕綿的不動聲色呼吸，少做氣喘吁吁的用大力之呼吸。

說到把吃飯弄成吃藥，鍛鍊身體也可仿相同方式。也就是「運動」漸少做，「練功」則多做。　打球、跑步、重力訓練等，是我說的「運動」；上下牙齒互相輕撞的「扣齒」，下巴微收、百會頂起的「懸頂」，靜靜的打坐、或放鬆的靠著⋯⋯⋯⋯等等，則是「練功」。

其中最有代表性的練功而非運動，是呼吸。　也有講究的。　大口大力的呼吸，仍像是運動；深深的、卻細細綿綿的呼吸，則絕對是練功。　且是高手式的練功！

尤其那種安靜至極的、綿長無聲的、全身幾如要化掉的呼吸，甚至還帶上氣在身體各處經穴通過的呼吸，那根本是最高境界的練功矣。

d、喝茶

喝茶要有喝茶的情態，但不要眞喝下那麼多的茶。

慢慢燒水，整治茶具，把茶泡上，最後倒入杯中，只倒個兩三杯，喝進嘴裡，也便成了。　若想多喝，就喝白水吧。

以上便是我所知的茶之美妙。

又近年茶葉太不可靠，許多名產地出的名茶，皆實在太沒法親於口舌。你一嘗卽知它有問題。不管是焙法、是加味法、薰法等等，抑是種植法、施肥法、噴藥法等等，皆教人不放心也。

有時反而吃鄰近國家日本的賣不出高價的、很起碼之綠茶，倒是口舌沒有怪反應！　而喝日本茶，即使當成是喝開水，反而在几旁的二十分鐘，得到了些許的靜心與休息之結果啊。

e、懂得覺察身體

要令身體好，要察覺自己何時累。　比方說，睡得不夠會累。　或上午全用來看書，一過中午就累極。　或走路連走兩小時會累。　飯吃得太飽會累。　知道這些累的來由，以及累的程度，再看用什麼方法就可消除它。以後就在這些方法上多著墨。　譬似找到時間睡他個二、三十分鐘，如很有效，那這就是「療法」。　如找得到澡缸或溫泉處，泡他個半小時澡，結果竟然疲勞恢復了，那這泡澡也是療法。　如剛好走進森林綠意之中，山澗中飄來的青翠鮮新的氧氣及芬多精，深吸了幾十口的好氣，竟然全身輕鬆了，且坐在大石上馬上就可打瞌睡了，那這森林之浸潤便是療法也。　如果在疲倦時，安靜的打一下坐，能使自己比較有精神，那打坐或也有效。　如果打一兩趟內家拳，人也覺得輕鬆些了，那內家拳可能也是療效。

如果剛好有一把野菜，你看著很想嚼嚼，那不妨就嚼起來。嚼著嚼著，竟然口齒間有些清新感，繼而咽下，而感到好的東西由喉嚨、食道進入胃裏，那就令你開始精神提振矣。如果有一顆野生的、熟的、軟的土芭樂，一口咬下，那芭樂心的軟泥整個在你口腔發出迷人的香氣，你邊嗅邊把這軟泥咽下，人簡直舒服極了，大約這也是療效！

身體累時，臉上會呈現出來嗎？應該會。比方說，臉上的表情有一股「委頓」。或者，氣色顯得不好，如發暗、發灰、或沒有光澤等。

那麼坐著休息一下，甚至睡著了，十五分鐘後醒來，一照鏡子，竟然眼睛有神了，或臉色發亮了，這些等等，是把累給休養成不累嗎？這算不算武俠小說中講的「元氣恢復」、「元神恢復」呢？

我常猜想，我們身體的疲累，或耗神耗氣，會不會在身體內部極細極微的分子裏流下紀錄的刻痕？ 比方說，生物化學醫學家他們說的「粒線體」這種細胞中物質。如果粒線體缺了一小角，則顯出人的身體耗陽耗氣頗深；而當他又經過打坐、深沉睡眠、練氣功、深山修行、時時冥想後再去觀測粒線體，又恢復成兒童原本應有的完滿無缺角狀態，那麼我們說的「元神又恢復了」就說得通了。

往往身體好，是逐漸調養出來的。好比說，我會說「我六十歲以後感覺身體比四十多歲時好」便是此道理。乃四十多歲時太不知節制，早把身體不停的耗損，其實早就可能不太健康了。 反而是年歲漸老，更知道保養，也有餘裕休息，或才慢慢把身體稍微扳回來一點。

這就像當我聽身旁年輕人（四、五十歲者）說他們牙齒怎麼怎麼不好、不久要去「做牙齒」什麼的……我便知道：年輕常會更把自己弄得不健康！

就像年紀輕輕有高血壓、有糖尿病等是一樣道理。

要能鬆軟

以鬆軟至「全身沒有了自己」來打拳，這才逐漸進入了妙境。

這已然是一種「神經療法」矣。　能常常達到這一步，則深處的宿疾亦能治癒。像駝背，像失眠，像莫名的緊張，像心跳過快，像氣喘。

如何驗知鬆軟？當打拳時，有一種「舒服」浮現，便知你的鬆軟奏效了。

追求全身的透空。　要空到沒有。　整個人像一個沒糊上紙的燈籠，只有細細的空架子，所有的氣皆能透過。

要把身體架子擱放鬆軟，有幾個要領，最主要是「尾閭中正」。

所謂尾閭中正，基本上就是「脊椎操練法」。太極拳是相當完美的脊椎運動，不只要打拳打到頸椎從「間距太近」變成打到擴開，腰椎打到不腰疼了、不會椎間盤突出了，更要尾椎能夠直往下墜、很自然的鬆向地底，這一步就是習稱的「尾閭中正」了。

尾骨以上的三、四節，皆能向下一節節撐脫開來，這樣來練「尾閭中正」，是令腹腔內臟器的滯澀緊纏獲得逐漸的通氣活血，這也會助長「氣往下沉」。

「尾閭中正」了，才能幫助「鬆胯」。就像「懸頂」了，於是才能「沉肩」是相似之理。

兩胯不鬆，造成氣不能自腳腿通過胯間（股與大腿之交接處）而向上至夾脊、至勁源至玉枕。

練出中軸線

接著，最重要的，是練出「中軸線」。　便是假想由百會至會陰有一條直線，隨時令「氣」沿著這條線貫走。　並且，這線如因身體傾斜而偏歪了，要立刻將它回正（不是用外形「回正」，是用氣向上向下貫直，來「回正」）。　倘「氣」一直浮在上段，那也要將它往下方沉，所謂「氣沉丹田」是也。　當這條體內「隱約的」中軸線充滿了活潑的氣時，你就眞正的進入內家拳也！

爲什麼要練這股中軸線？　乃這是「內家拳」的眞髓。　這也是人體工學的道理所在。

舉例言，人推你，你會向後倒。　如練過了中軸線，你身上接收了他的力、立然將之化滑、向下散去（高手能將之散至地底），這便是內家拳的原理。當你的氣在中軸線裏練得深厚雄渾了，那收接了人的外力並化散掉之外，還能由腳底生出反彈之氣，這氣蓄厚並在對方攻你處（如胸口）將他彈震出去，這便是所謂「發人於丈外」的景狀也。

中軸線，雖像是「假想」的、「抽象」的一條線，但練了多年的內功深厚之拳家，竟能眞實感知它的「實態」。就像「氣」，初始有點抽象，練久了，它是實際可感的！

氣由上往下滑送，再由下蘊厚上升，繼之以它在某些點上發出。這發出的「細線般」之氣，通常人們也稱爲「勁」。練內家拳，練的就是這個。

我在此強調「練中軸線」，實是太多人花上一輩子在手腳姿勢上「練拳」而忽略了最本質、最樸素無華的中軸線，豈不可惜？　我亦是近三、五年才想出了這件要領啊！　往前的幾十年我也是動手動腳只在招式上著墨（一心希望打對。一心希望別打成難看………），往往忽略中軸線。　直到近年愈發把招式打少、打簡、打懶，竟然打著打著、打出了心得！　所以我打雲手，右手上升時，我的脊背有微微的上拉（且頸椎亦微伸，然後百會頂起），手落下時，脊骨微放鬆、且尾椎墜下，且此時正是左手要升起。　而我打摟膝拗步，也爲了拉升中軸線、接著再放下，所以我絕不把姿勢打得太大，也不把腳抬得太高！

許多練拳者用兩人推手，來練中軸線。　也卽甲推乙時，乙把甲力由上收來再往下散滑；接著乙再推甲，此時乙再把自己下方的氣提上來推向甲。

推手是聽勁、練勁的好方法。　但我都是一人獨練，遂用不上推手的妙處。

但偶練、簡練、少練、懶練，最終對身體還是頗有好處的。

把刻痕練到平順

人的傷痛、人的辛勞、人的消化不良、人的社會挫折、社會成長中的潰敗…………等等，有可能會埋在身體中相當幽微的地方。

甚至極可能嵌鑲在脊椎的骨節間。

可以設想人的脊椎側彎、人的駝背、人的某一節附近總是痠痛…………便是這些多年來傷痛經驗留下來的刻度！

於是練功（不管是內家拳、易筋經、瑜伽、冥想…………）或許便是慢慢將這些昔年瘀結的傷痕逐漸化解。

有的胃或十二指腸的潰瘍，你不在胃上面去治療。有的心臟或血壓問題，你不只是從心與血管上去治療…………你在脊椎與筋膜的伸展、推按、矯正上去鍛鍊，將之練正、調鬆了，然後令軀體舒舒服服的睡成好覺了，最後在睡覺中自然用神經的指示把病給治好了。

初期之練，皆是脊椎 脊椎 脊椎

當體會到要把脊椎練出東西來，往往還要一兩年工夫。更何況太多的太極拳練家壓根在打了一二十年當中還從來沒在脊椎上下過幾天用心用神的工夫呢？

整條脊椎有好幾個段落需要鍛鍊到。像頸椎，故注意練「懸頂」。像胸椎，故用心去「涵胸拔背」。當這裏練得鬆展勻實了，往往手指的麻竟然就好了。

腰椎與尾椎更是重要，尾閭中正了，隱隱下墜至氣沉地底時，則腰胯附近的肌肉、筋膜、神經等必然皆活化通暢矣，此時要出力或發作勁道，皆感到似乎比較得力也。更別說腹腔內的器官其實早就愈發健康矣。像大腸，像膀胱，像攝護腺等。

但整條脊椎的開展擴伸，不免是一種「緊」。於是要很快令它回到「鬆」。也就是說，一出手，當把架勢打至「開」，尤其是汪永泉所謂「三關（尾閭、夾脊、玉枕）一長」這種高妙訣竅時，須馬上留心要回到「合」時的那份全然回「鬆」。這時的「鬆」，也就是汪說的「三關一豎」，豎完，便是「中定」；這「中定」，要定得極放鬆、極空無。然後再慢慢出下一勢。

當你的脊椎如果早年不夠健康，於是盤架子時，當「開」時，你顯得要撐得緊些，而拳理卻要你「不可使力」；這時你一來應「鬆些來打」，二來如開頭確實會緊些、但連續幾十天後會愈來愈不緊（這就是脊椎已起了良好變化）。

也可以就完全用「不使力」之版本來打。也完全正確，靜等它慢慢潛移默化！

鬆

鬆，爲了令身上的筋骨別把進氣、走氣的空間給掐緊弄憋。所以無時不鬆的來盤架子，才會愈打愈在體內充盈著氣，直到氣遍周身之時，那時候打拳便妙不可言了。

故爲了鬆、爲了充氣，手要動得少些。亦卽：手上的架式別太複雜與難操。反而是時時要令丹田與胸腹很不使力的獲得起伏。這便是「氣宜鼓盪」。

開合，其實是身上的氣之延展與收含，並不只是手伸遠再回收而已。

為了鬆　為了充氣
手要動得少些
反而是時々要令丹
田與胸腹很不使
力的獲得起伏
這便是　氣宜
鼓盪

舒國治

本來人只有躺著、全身不出力，才獲得鬆。但打拳或站樁是在人站著來求鬆；這是要一段段的下指令叫它鬆的。這種效果，時間久了，你自己並不感到全身「如一團棉花」，認爲自己還有木頭架子這麼支撐著，所以還不算多麼多麼的鬆；但因爲每天如此、時時如此，其實身體大多地方已找到通氣的渠道，也卽，大多地方已達到「鬆，於是通氣」的效果。

這是各處神經得到召喚的證明。

站樁，也是爲了「求鬆」。故除了在身形上做到鬆，還要在心思上完全放空。要不覺得在苦站。反而要覺得在森林的雲霧中飄之類的那種舒服。

就像小孩在睡覺一樣。但站樁不是睡覺，就像打坐也不主張睡覺。

爲什麼站就不能放鬆呢？馬站著、牛站著、鹿站著，都能自然立於大地上，都能呈現自在放鬆；可見吾人多麼需要回歸到動物的本能啊！

站樁的絕佳作用，便是神經的最遠最細微處也得到放鬆之後的氣的灌溉。站樁是極好的神經療法。

而它的心法，就是不出力、忘掉時間、找舒服、追求靜、假想仙境奇境美境……………最後人都空了、通了。這時身心皆修復了。

內功之前，不妨先在外功上著墨

太極拳是全方位的拳術；但人如想在局部有所改善，何不就先練局部？

像頸脊有「間距變窄」狀況者，不妨在練拳時，就「伸起脖子」上多些著力。也就是別人的「懸頂」，說是意到就好，脖子不用力伸長；但你不一樣，你不妨當外功來練，也就是懸頂時，要多用些硬力來提伸脖子上的脊椎。這雖然不像太極拳的本意，也遠離了「鬆」、「不使力」，但我要說：三個月後，你再「不用力，只用意」，如今一開始的這三個月，你要當做「打拳前的暖身運動」那麼的來用力，來把它當外家拳打。

同樣的，有脊椎側彎的人，或僵直性脊椎炎，或腰背瘦緊疼痛等毛病，一開始習太極拳，不妨常把脊椎伸拉與挺胸直腰當外功來操練，而不是「涵胸拔背」。

其實，太極拳柔柔的打，鬆鬆靜靜的打，是對脊椎極好的運動。但你或許不想等內家拳效果出現時的那種遲緩！所以我所說的前面三個月，你不妨把幾乎每一式的「開」展都用上些許伸拉挺拔的外力，再在「合」時，回到鬆軟的收斂處。

這就是為什麼太多的練家子，不但勤於盤架子，也找機會做做瑜伽、游游泳。乃輔助動作、暖身過程等確實會幫助打拳獲得漸入高境的效果。

且說一例。演一趟拳，提腿的招式不那麼多。有人為了加強髖關節的鍛鍊，加強下腹部與鼠蹊的伸縮，加強尾椎的活動，便自己勤練抬腿。如右腳站立，左腳提起放下，如此十幾下。再換左腳立定，右腳提起放下十數次。如此做個五六套。也可以前行後行的來練提腿。

若要慢慢的打拳，三五年也能令頸脊、腰椎皆強健，的確可以。但，你願意等那麼久嗎？還有，你會打得夠勤以至三五年後必定會有宏效嗎？要知道，也有完全心不在焉的打拳者，十多年後脊椎的淺淺問題竟絲毫不見改善。這也有的。說到脊椎的鍛鍊，前些年有人發展出「爬行功」，也就是學貓狗在地上用四隻手腳移動的來爬前爬後。哪怕是每天只爬十五分鐘，已經全身很耗力氣，且全身大汗矣。連續爬了三個月，人問有何效果？練者答：「最顯著的有兩點：一是頭髮比較轉黑了，二是牙齒比較緊實有力了。」

可見爬的功效，最先顯現在脊髓裏的精微物質，而不止是脊椎受到調正而已！

呼吸亦然。要在以很鬆軟的方式吸入極深的氣再緩緩細細綿長的呼出那一口氣這種「高手呼吸」之前，就樂意以外力很大口的用鼻子努力吸進氣，再很大力的呼出它這種「外功」的練法。

也於是，游泳時的吸氣呼氣不就是如此？　跑步時的呼吸不就是如此？

故而你不妨一邊很柔很慢的練太極拳，另一邊下一些工夫進行「出力氣」的外功！

這就是我認爲開始時的客觀方法。

當呼吸很深長了，便說明你的身子骨強健了。　不管是不是因爲打內家拳。

如你只是愛平時運動，愛早睡早起，結果也照樣呼吸深長，甚至跳進水裏憋氣憋得很長，都指出你的身體素質好，有時未必是太極拳所賜，也可能是別的。

a、爬

人在地上爬，據說對身體極好。

從客廳這頭，爬至電視機前，哪怕只是三、四公尺，竟然也會微微的累。

但他們說，你不妨每天爬這三、四公尺，再回身，再爬三、四公尺返原地。如此爬個五、六次。

一星期後，再加多一倍。

如此三星期後，就有很佳很佳的效果了。　　如沒有，你可以放棄。

b、站

站立。　先不說站樁，只說站，就很有鍛鍊之功。　你隨意站，站著，覺得一點也沒想要坐下來才舒服；這種站就對了。

要時時樂意這麼站，並視之爲人生原本就是如此，就像馬、牛、貓、狗的站立（雖然四足著地），那就完成你本質的好姿態了。

站，也是很輕淺之極的重力訓練。把人的體重放在雙腳之上的那種「重力」。　如果把身體彎得很低，則大腿小腿所受之重會加多不少。這樣往下蹲再站回原姿，原就是習稱的重力訓練。

然而平時之站，是重力很少很少的站。　但有人還因此感到微累，或甚至腿瘦。　這代表什麼？

代表身體中的質地（水、血液、皮肉、骨頭等）皆往下垂墜到腿腳而沒立刻又循環到上段，於是令「重力」留在下段的時間加多了，而沒有「全身運行」。

也就是，健康運行、由上而下之後又由下而上的循環之人，他的站，應該不會「累」、不會「腿瘮」。

於是，這就說明了「站樁」大概是怎麼一回事了。

站樁，其實就是要練那原本應該正常、輕鬆的循環！

不但不能令自己瘮到、累到站不下去，還最好站到舒服極矣、忘我極矣、且站完後神完氣足！

c、咳嗽

人在生病時，往往咳嗽。　但偶爾你人的胸腹有自然的「湧動」，也自然就咳嗽了。　像你坐著打瞌睡，睡到一個程度了，胸腹有些變化，竟就咳嗽了。

常常這個咳嗽蠻舒服的。　也就只咳一下兩下。　當你想讓它再咳出三、四下，竟不可得。除非自己用外力叫它咳。但這種非自發的咳，沒有自己因內部成熟、因某種湧動而自發的咳，來得舒服！

突想到，十多歲時大家流行說上大號是「練內功」，哇，這其實頗有道理。你手腳都不動，只是從內臟的管線中用力擠出一條廢物，這怎麼不是內功？

大便是外圍力道（手啊、腳啊、胸部肌肉啊、肩膀啊）用得少，內部臟腔管渠用得多的動作。　所以，怎麼不是內功呢？

身體每一伸長，假想將內部臟腔拉長拉飽。當身體收束縮小時，再假想把臟腔管線收回成又小又細又放鬆如無物之狀態。我認爲這就是內家拳。再加上吸氣呼氣與求靜，便就是氣功。動手動腳只是更增益舞蹈的樂趣與美感之高興。

但是開合與求靜，才是練功之核心。

d、氣

金庸小說，常說到兩人對立，說著說著已幾乎快要動手，這時老怪的袍袖已隱隱鼓了起來。哇！原來高手的武功竟是心裏想著出手、於是氣就自然從身上（通常是丹田）延伸至兩臂、甚至兩手。而手在袖子裏，於是流布的氣經過手臂要往手指走時，袖子都感到這股氣流，遂有「袍袖隱隱鼓飄了起來」！

這種氣，由身軀傳至肩頭、再由肩頭滑至上臂、再下臂、再手，往往是「心一想到，它就立刻過去」的。並不需要做啥準備動作的。突然想到電影《雙旗鎮刀客》，電影中小孩腰上佩著兩把刀，他兩手垂下，當快出手時，竟然手像是有一種「吸力」，把在鞘裏的刀能咻的一下吸了起來。哇，太有意思了。而這十歲出頭小孩他自己也不知道他有這能耐！他只是無所用心的練功，也終就得著了這種「無心之功」。

一九九六年我在柏林影展見到了這片的導演何平，我和同學余爲彥皆甚是欣賞《雙旗鎮刀客》，便趁影展時和他頗爲親近。但聊的皆是泛面的拍片、銷售等，竟忘了問他自己練不練武啦、這故事是誰寫的啦、寫的人是如何想到這「手能吸起刀來」這情節啦，我全忘了問。

e、呵欠

很久沒打拳一陣子後，某日想起打了一兩招不像招式的招式幾十下後（像手提起再推出），就開始打呵欠。　這感覺我很熟悉，乃我曾經就如此好多次了。

今天只是把這現象多想了一想。　想這呵欠必定有什麼道理！

莫非因打內家拳所牽動的內部氣息，所最初表現出來的，是呵欠？　如果身體健康，又休息很足，會不會打拳時並不呵欠？　而很疲倦、很虛弱的體能，一打上拳，則呵欠就表露出來了？

f、氣與指甲

很多時候，是把手掌打開來的動作。並且五指張開。

有些許假想氣因而能抵達最末尾的指端之意。

不知道這和指甲長得快，是不是有關係？　又右手指甲長得比左手快些，

莫不也是右手的氣較左手的強些？

也談談手

手放得極鬆、垂於大腿前，當將至「被動提起」，手會微微有重的感覺。而提起時，要像從麵糊裏拔出之拖泥感。手愈提愈高時，則糊漿泥水愈發落去，於是手漸輕空也。

這樣的體會手，以求知悉「氣（或神經末梢群）行至兩臂的遠端」這回事。而這樣的雙手，應會有漲漲的、指尖鼓鼓的、甚至指尖麻麻的感覺。

以這樣的手來盤架子，則盡量不令肩肘緊張（否則手上的感覺又跑掉了），如打掤擺擠按、如打單鞭等。

起式時的手，原已招呼得很飽漲、很有氣感了，但一開始打招式，常就把原有的好的氣之狀態給擾亂了。

有的爲了「不亂出手」，便時時令手只在胸腹前抱圓。這也是一個初練方法。然不必拘於此。

兩手相夾，上下提放，身體亦順勢下蹲或直起，這是孫祿堂的打法，亦有妙處。主要用很多形式來達到「守中」，來顧到「氣」。

吳鑑泉的拳照所見出的「傾斜前身」，或是將腰骨以上的身軀，以頭帶領向前傾斜，以求把身軀這一大袋所攜之氣注向頭的前額（莫不有點「三關一長」？）再等一下把身軀回正時（莫不有點「三關一豎」？）氣再由頭頂回收至丹田或甚至到腳底。

起式時的手原已招呼
得很飽漲很有氣感
了　卻一開始打招式
常就把原有的　好的
氣之狀態　又給擾亂
了

舒國治

胸腹使用多
又先恪守尾閭中正
且手不遠打的
初級練法　我覺
得　最能惠人

舒國治

吳式太極拳這種打法，如不是受習很嚴正如馬岳梁，又如不是下過用心站樁的基礎工夫，看來未必是尋常人皆適於練的。

胸腹使用多、又先恪守尾閭中正、且手不遠打的初級練法，我覺得最能惠人。

傳統拳式亦會碰上時代新味

哪怕我學的拳極爲傳統，一招一式規規矩矩的學過來；但我既在我的時代裏看過西洋的撐竿跳，看過佛朗明哥舞，看過西洋的現代舞，又覺得日本的合氣道與西洋的拳擊皆能不按固有招式來出擊或防衛，再看了意拳之練法是不究招式此等好觀念，那麼這個時候，我打出的模樣會是如何呢？

彈吉他彈得熟練之士，有時彈到興起，就一下彈這曲、忽的一下又蹦到那曲，往往十分鐘裏彈了好幾首連成一氣的「組曲」(medley)。這是很過癮的。

打拳何嘗不是？這一招打的是楊式，竟接上一招是陳式的，不久又打成吳式的斜傾模樣，再過來又打成正抱式的孫式。打著打著，又一下打成八段錦的工整版，再一下又演化成「六合八法」…………太可以了，這就是舞蹈不是嗎？想跳成哪種舞就跳成哪種舞！

在走路中打拳

某日從家走到外頭公園去打拳。

才走下樓沒幾十步，就已想邊走邊打了。　　但公園還沒到。還要走五分鐘。

這時想，難道不能在走路這件事情上完成打拳嗎？　　也就是，等下在公園的定點固然要好好的打拳；但現在於步行中難道就不能踩下我的腳、頂起我的百會、伸長我的腰與腎嗎？　　這麼樣一步走出做完上述的動作，再另一步還沒伸出前能回到中定、這種走路的「類行拳法」，搞不好是很不錯的拳法啊！

出腳時是開，收腳時是合。

不只是走路，坐在凳上，也應該可以打拳。

並且不用動到手。好比說，只是把腰由左伸到右，同時百會也上頂，再收回到中定。下一式再把腰由右伸到左（此時吸氣），至高處，再回收至丹田（呼氣）。

何謂健康

一、身體很輕——包括提步走路，不會沉重。腹部不感到下墜。腰不會撐不起來。　不會怕爬樓梯。

二、呼吸很深，可以吸得很到底——也就是常言的「很有氣」。　並且吸它不需要費力。

說話有中氣。

三、大便能大得很徹底——也就是不只是把肛門附近的大出來，也要把比較裏面的大出來。　並且，大得出很多。

大便多，代表消化好。甚至代表代謝很完全。每天都大，代表腸胃健康，甚至代表精神狀態亦好。有的人原本就大便頗正常，練了功後，甚至大得更好了（如大得更乾淨或結的形更完整、更成直直一條。或偶能一天大出兩次）。由此說明，大便是觀測身體健康極好的方式。也是觀測練功效果的極佳證據！

四、胃口好——食慾佳，常常吃得下很多東西，這就是習稱的「胃口好」。這固然是健康的一項表徵；但胃口好之外，還要消化好，才算是眞健康。也就是說，絕不能吃得下很多東西卻三五個小時還一直漲在那裏。另外，胃口即使好，晚飯後四五小時過了，雖然仍吃得下東西，卻絕不吃消夜。這種忍耐力或好習慣，才是眞健康！

五、眼珠不會鼓鼓的，也沒有眼壓高——

六、容易入睡，並且睡得很熟——

七、牙咬下去，有緊實感。不會動搖、不會痛——

八、肚皮按下去，總是軟軟的——那種按下去硬緊緊的肚皮，是不算好現象的。肚皮會緊緊硬硬的，不只是消化器官的「不適」，也指出稍許的心血管的、代謝的、甚至精神緊張類等等的不夠健康。

九、脖子不緊。亦不會瘦瘦痛痛的——

好的體能，主要指吃進去的蛋白質，吸收後，在身上先成形爲類似膽固醇的養分，在經由運動與睡眠，令這膽固醇般的東西，轉化成更高端的類固醇。便是這種類固醇與身上一些別的「能耐」，令自己感到有體力、有熱度（不怕冷）、有免疫力、不會過敏、臉色好又兼皮膚有彈性…………等，這就是「體能好」。

我的貧窮與我的養生

我這一輩子，得益於兩件事。一是懶，另一個是窮。先說貧窮。在上世紀五十年代，人人都窮，算是「均貧」。於是沒有階級。

又貧窮，另一個相近詞，是空無。正因空，因無，人有很多餘裕，於是可以作夢，可以發呆，可以觀察鳥獸蟲魚…………遂有了空想、有了文學、有了音樂…………。現在人說「放空」，以前根本到處都是。

貧窮的小孩，最喜歡的事，是睡覺。我小時睡得很多。他們說要長得高，要多睡覺。

睡覺，是人的心性最自然的事。我後來大談「懶床」、大談任性任性任性，皆因爲我從小就是睡覺專家！　我所謂的任性，不是小孩在飯桌上無理取鬧、父母罵「你別太任性了喔」那種；是你坐火車自京都欲往宇治、沒兩三站已睏到睜不開眼睛，結果索性讓自己睡過站，一直睡到奈良，再從奈良往回坐。雖然明明二十分鐘車程，結果弄了七、八十分鐘才抵定點。　但也只有如此，你多睡了香甜的幾十分鐘。　並且，這幾十分鐘的耽誤，有損失到誰嗎？　我說的任性，是指這種傾聽自己內部的需要。

貧窮年代有貧窮之景。可稱之爲「荒景」。像破敗的廟（如以前的「理教總公所」，即更早的西本願寺），像歪斜的籬笆，像搖搖晃晃的小橋，像某棵快要枯了的樹，像灰撲撲的鋪著碎石子的馬路，像縫縫補補的磚木平房……我很愛看這種「荒涼」之景，搞不好它成了我日後美學之依據了。

再說懶。　懶，是不積極。　我小時總認爲，要讓人積極之事，舉世沒有太多件！

你去想，到底有啥事重要到使你不懶？其實還眞不多。　當然，那跟時代有關。時代是窮的，你沒有什麼可以去發展的，所以懶。　沒啥搞頭，乾脆懶。　因爲懶，遂發展出逃避。　也就是學校功課不好好努力，而去看武俠小說，這卽是逃避。　回家很悶，很不想回，遂在田埂啊、魚塘啊多混一下多玩一陣，這就是逃避。　這類事體到了成長後，就美其名變成了旅行，變成了流浪。

我常說，人有那麼多不快樂或那麼多譬似金錢那類心念，便因「還沒找到」。　這諸多問題或煩惱，便因你還沒找到教你專注用力用神的好事體，沒找到全心用情的人，沒找到你的「最想」。　但所謂「沒找到」，其實是「都去找別的」了。　也就是你被薰陶、教育、洗腦、引導去找像錢那類的東西了。

我自小時以來的懶，剛好逃掉了這些事。

貧窮的最大好處，是教人對洪荒之世較有想像（像老虎在大山之中，身無長物，卻又什麼皆可以取來供養自己活命）。　愈空無，愈什麼皆無，你愈知道太古可能是何種模樣。愈懂得渾沌。　這是蘊養哲人的環境。

貧窮，也不免使人消極。　會使人不思進取。　往往這種消極與不進取，對養生有好處。

貧窮，所以知悉宇宙要珍惜。要懂保生。又貧窮，是時代的現狀，不需要羞恥。尤其，當年是均貧，人還可以自我感覺良好的自詡「安貧樂道」。

以下說養生。

· 養生，其實是「省著用」。這和窮人的想法相近。

你的生命，無論強或弱，都該省著用。打太極拳，和養生扯上關係，或許是太極拳用的「硬力」、「重力」不多，於是「省力」。便稱得上養生了。於是大病之人，不能做別的運動，但可打太極拳！

· 鍛鍊，也能使身體強健。但珍視自己比鍛鍊更重要。

· 如今大家講運動的重要。這就是鍛鍊。但運動分兩種：一、不問結果，只是努力運動；二、運動運到了身體哪裏？

· 以太極拳爲例。有人只是埋頭去打，也打出相當效果。這就是努力運動。但如果稍稍深究拳理，則又是另一番風景矣！

·我也打太極拳。但打得很少、很簡略，甚至很偷懶。　我只打幾式。每次只打幾分鐘。每天有時打很多這樣的幾分鐘。　這是懶人打法，其實不足爲訓。但也不妨把這種養生法放在您的參考裏面，或許也有一點用處。

·有人說，你拳只打幾式，只打幾分鐘，那不是和站椿、伸展、八段錦、五禽戲等差不多嗎？　說得很對。　但稍有些許不同。且聽我道來。八段錦，是一式一式操作，其實是相當好的功法。但我打拳，是要連著打，故有舞蹈的樂趣及美感。當然連打三十七式或八十五式或一百零幾式是更好；只是我把它縮減成幾式，爲了簡、爲了少、也爲了偷懶，但它卻更像你把貝多芬的〈月光〉彈成極少極簡的二分鐘版，並且抽掉其中好幾個音符，但神韻完全留著的那種方法。

·站椿，也極好。有站著不動的，也有站著還稍動的。　站著不動的椿，有點像站著的靜坐，是很棒的。但要靜到忘我，又放鬆，未必容易。　站椿時，稍微動上一些動作，如抱圈之放開與收攏；如抬手再放下；如呼時如何、吸時又如何；風拂來時，原本一動不動，這時像柳條一般的搖曳了起來………等等，皆是動的站樁。

・但打拳或跑步或伏地挺身，即使是好的運動，然一天中不操練時的養生，更重要。於是他們說：三餐規律吃啦，睡眠要充足啦，心情要放鬆啦，消閒生活（如唱歌、觀影、閱讀、審美習慣………）的兼備啦，社交之良性啦等。

・可見養生是全面、全方位的事。但這些都還是自己去修養而來的；不同於前面說的貧窮是時代賦予你的「珍貴先天」。你去想，貧窮之人何等輕鬆；而生下來便背著家族賦予你的兩百億財產之人其養生那得花費多大的心神、領悟與堅毅啊！

（此輯一「我與打拳」，除〈飯與藥。運動與練功〉中之「a、把吃飯弄成吃藥的訣竅」外，大約寫於二〇二二至二〇二四此三年間。）

哪怕我學的拳極為傳統
一招一式規ゝ矩ゝ學過
来 但我既在我的時代裏看
過西洋的撐竿跳 看過佛
朗明哥舞 看過現代街舞
又覺得日本的合氣道與西

詳的拳擊皆能不按固有
招式来出擊與防衛再看了
意拳々練法是不究招式此等
好觀念那麼這個時候我
打出来的模樣會是
如何呢

舒國治

誰的拳打得好 在公園裏
一看就知道 他打出得
很不多 但你知道他內
涵很深厚 就像導演的
用鏡頭 這拍一鏡頭那拍

一鏡頭拍得滿滿的絕
對是低手　把飯菜擺
上桌亦然　只擺少少四五個
菜每一樣都教人概想
吃　這才是善烹之人

舒國治

輯二

摸索太極拳

淺談養生

要做無謂之事。譬似洗腳。　　更無謂之事，是兀坐。　　打坐何難也，兀坐已足。然兀自呆坐，是爲了心中無事縈繞，要獲得此種放空狀態，亦可外間閒走，邊走邊張望，此爲了分神，也爲了忘卻自己。

養生要宣吐感情。　　觀情感淋漓盡致、盪氣迴腸、熱淚潸下的電影。這常賴經典老片。故家中不妨備些好的老片錄影帶，如《紅菱艷》、如《北方的南努克》、如《單車失竊記》、《偉大的安柏遜家族》，如印度大師薩雅吉·雷的《大路之歌》等「阿普三部曲」。以及諾曼威斯頓（Norman Wisdom）的《小魚吃大魚》或是Walt Disney出品的《飛天老爺車》（*The Absent-minded Professor*, 1961）這類令我小時笑到地上打滾的片子。

要談笑終夜。需覓良伴，需天南地北旁徵博引聊趣事。往往是古人事，如陶淵明事蹟、如諸葛亮李白曹雪芹事蹟。如伯牙莊周事蹟、如拿破崙甘地事蹟、如史懷哲、Alexander Skutch 事蹟。

總之多談世界見聞、旅行趣事，而莫論眼下時政。一場美麗精采的談天，有時一年也碰不上幾回。有些鮮與人交的族類，更不知談天爲何事。友直友諒友多聞，多聞之友易覓乎？

亦可談玄說易論風水。探討經方時方，補土泄火、河間派……派。談些 Ann Wigmore、雷久南、莊淑旂。

要打麻將。然需得佳良搭子。須知人生三大樂，妻賢子肖牌又上張（將老諺「人生三大憾，妻不賢子不肖牌不上張」改成）。

要唱歌。　且要唱到教自己酣暢的歌，如有的唱Muddy Waters，有的唱The Doors，有的唱〈教我如何不想她〉、〈在那遙遠的地方〉，有的唱〈Hey Hey Taxi〉。

或演奏樂器。　最好有友伴一同jam。不然也要聆樂，並不妨隨之起舞。

然觀影與聽音樂，最美之境，是不期而遇，而不是自己選放出來，如此更有驚喜之效果。

要不接電話。　一天中至少須有兩三小時完全不理會電話。　不理會，亦養生一大要務。

一天中攝取貯存的營養，應在一天的結束時，將之耗使至盡。這也是晚飯要吃得早的道理。

也就是說，既吃那麼多，便用那麼多。或，不用那麼多，便不吃那麼多。

倘不在外間用勞力，便不該吃太營養之物。

睡覺亦是，應是體力耗至竭盡時，否則還不該睡覺。

喻之於用錢，亦然。你的二十億存款，在九十歲之時，最好只剩七、八千萬；待到了九十八歲時，最好只剩一兩百萬，乃到了一百歲出頭，你用不了太多錢也（更別說，百歲之年亦不是人人可有）！

（二〇〇九年五月十六日《聯合報》名人堂）

養生瑣談

人之大患，在於有身。生老病死，人之常憂也。

每覺體軀漸衰，或偶聞朋友臥病，不禁念及養生之事，甚而痛定思痛，有一口氣決絕欲嗜、上山修道之想。然終未之行也。

據說人之重病百分之五十或七十來自所吃入體內之物。俗語「病從口入」是也。故養生第一要務是身體空淨。

斷食雖是非常之法，養生堅決者亦以之爲平常法。腹內空無時，空氣與潤溼之外在俱能供給身體淺淡之養分，令體內各種機制完成吸收與排除廢濁的功能。

傳統日本老太太在坎坷時段（戰時或鄉下饑荒時）有的幾天沒有食物可攝，而體重未必消減，乃空的腸中有一些細微的菌可以合成少量的蛋白質，以供給身體。

空過之後，爲了自警再次進食時應吃規矩之物，如避開醃漬物，油炸的烹調品等。這種自覺，固極重要，許多人也深知，然囿於社會習慣、工作便捷，往往不多時便無法貫徹。此才是最大問題之所在，亦是養生最需處置之課題。可曾見過忙碌工作者每日攜帶五穀雜糧、全麥麵包、新鮮生果、新汲山泉做爲裹腹而持之以恆乎？確有，不多也。

然養重病至最堅決時，其實何異修仙？太多癌症病人終弄到不食人間煙火。其所吃全是生機食物，且冷吃、生吃。如苜蓿芽、小麥草汁、帶糠的穀類等。亦且不特烹調，絕不加味的吃。油絕對不吃；所攝取的植物性的油，全自植物（如堅果、瓜子）中自然咀嚼吸收而得，而非取自己榨壓成液的油。

然堆如小山的苜蓿芽，一山又一山的吃，如馬之食草，固求其最鮮淨純稀的營養（蛋白質、維生素、高質地之水分），以鮮化活化體內機制，令臟腑淤滯血氣推陳出新，生死人而肉白骨，然衰弱病患身心低落如何可以？這便要強以信心，激其意志，故許多新式的療病養生營（美國特別多，Ann Wigmore等營甚是有名）懂得結成病患隊伍，相聚說理談道，是爲課程。除療病康體外，還言心、言靈。乃身體之好壞，往往繫於心、繫於靈；心之平和，靈之高潔，則傷害身體之憂思、惡意、貪念、憤恨才不致偷偷悄悄的竄進人體內部。

通常人會病入膏肓，常在於人對於自身與所謂病的知識之不足。

而醫院之社會化、病人遇病便將自身全數委與醫生或藥物等等近代化之根深柢固習俗，常亦使人自己喪失了復原及逐漸康強之能力及思維。君不見多少已染重病之人竟全然不知自己得了什麼，只是一日跟著一日過，藥也吃吃，門診也去去，卻不想深究康復之事。芸芸衆生一詞，最可在醫院大廳見之。

亦有人自嘲「老病號」，以赴醫爲日常事也。不知是否法國古賢說的一句話：「生病是窮人的旅行。」

近年體氣漸弱，最有感於氧氣之緊要。

凡進入家辦公室，常感其所謂「中央空調」之令我精神悒悒、胸鼻窒悶。而昔年全不以爲意，一頭埋進去可達五、六小時的舊書店，如今也很快便感待不住。何也，身氣不足也。

氧氣療法，是以優質氧氣催動血液活機之交換，最可將廢物或毒濁往浮面推驅。最淺者，如汗，流散於背脊，一陣陣浮出。故北歐式熱泉浴，洗一陣，繼用楊枝帶葉一把，拍打體背，令濁氣廢汗更往外散。

平日在都市中難得吸過一口佳氣的人，乍然到了純淨氧氣所在，如黃山、如南投水里，幾十大口的氣吸進，肚子咕嚕咕嚕的響了起來，有時還打起一兩個深嗝，異常暢快，更有甚者，肚腸撼動，放起屁來，而此時的屁往往臭極。好的山泉，以其含鮮氧亦高，除了飲來甘甜，亦能有此鳴動腹鼓、震喚腸絃之功。

爲使優質氧氣源源不斷進入體內，以推出濁物（自毛細孔之汗、自尿液、自糞便、自口鼻呼出的濁氣、甚至自鼻涕鼻屎及口痰），則不能只是靠口鼻之吸氣，也須輔以運動，以增加其化氣所需之熱能。方法很多，練家子打坐時頭頂冒出熱氣並非仙譚，然尋常人不解打坐者亦可行軀體之運動，如在高山遠足或原始林中體操皆是。

游泳者常能獲取最快速最多的氧氣，乃水面上那一層氧氣最鮮新、最厚足，故游泳者在換氣時吸入的新氣最多。且看泳後之飢餓較打球後之飢餓更強更烈可知。氧氣充盈口腔、食道、胃，此時吃飯常能盡五、六碗而不覺撐。

曾有一個朋友因火災而全身燒傷頗嚴重，結果住到好空氣的山中，半年後恢復到幾看不出來。日本奈良若草山邊住宿一晚，次日的皮膚便覺異常光滑。

空氣與水，原是最尋常物，卻又最養人，然究竟有幾人堪可消受？

（二〇〇〇年五月四日《中國時報》人間副刊）

談站樁

二十一世紀最重要的課題，是呼吸。

近日太多朋友皆在談健康，談養生，談保持快樂心情，也談氣功。

氣功的法門極多，但有沒有一種最單調、最原始、最適合所有人、或說for dummies（給傻瓜）練的功法？

東想西想，想到有一種最不像練功的練功法或許可以合乎。　這功法，叫做「站樁」。　粗看只像是罰站，然據養生家指出，這是世間最了不起的發明。

有可能將來隨處可見三個人、五個人的在樹下罰站。而家庭中或許出現這樣的對話：「你要出去啊？」「嗯，我到樓下公園裡罰站。」

所有的內家拳皆強調站樁之重要。把樁站好了、站實了、站靜站定了，再微微舉步提手便即是打拳了。　太極拳有幾十個招式，但有人主張把起式好好的練好。起式便如同站樁之外加上將手緩緩抬起、再緩緩壓下，手的動作極輕柔，以不干擾站著的樁。至於後來移步如貓行，轉身如擰巾，皆爲了離原本站成好好的樁不遠。

那麼，什麼是站樁呢？以姿勢講，不過是兩腳張開與肩同寬，膝微彎，兩手在胸前抱成圓形，垂肩、鬆胯，總之，但求全身放鬆舒服。

以心念講，最好啥念也無，只是站著。以呼吸講，最好不去管它，它自然會呼會吸。

練家子在幾十年盤演拳架之餘的站樁，據說有極多微細精妙的心法。譬似站時要將頭往上頂、尾閭往下墜、令整個人伸展成「弓」狀。然後在這張弓上微微開一開，再微微收一收。

近代「意拳」（又名「大成拳」，算是脫胎於李洛能、郭雲深的「形意拳」）的創始人王薌齋（一八八五—一九六三）於站樁之闡述，最爲精闢：「練習樁法時，形雖不動，而渾身之筋肉氣血與神經以及各種細胞，無不同時工作。」「只要舒適、自然、輕鬆、無力、渾身像躺在水中或空氣中睡覺，就大半成功。」

他又引王國維《人間詞話》中所謂「衣帶漸寬終不悔」，示習者以恆。他說：「堅持百日卽有感覺。堅持三、四年，卽覺四肢膨脹，手足發熱，有灌鉛之感。」

恆心極是要緊。但卽使沒站上百日、沒站上三、四年，已有太多人感到頗強的效果，如身上覺似有蟲爬蟻走，肌肉跳動，腸鳴，放屁，打嗝等現象，這皆是人的內部在追求各器官、各管道之奔向通暢的結果。

這其實也是呼吸一逕追求之事。且看當吾人勉力將手向上高高抬起，一放下，便發現有一口大氣要急急呼了出來；又當你按背後膏肓穴或腰部，亦有一口大氣要深深的呼了出來，這種種便說明：我們身體某些沒有通達或原本滯鈍的經穴，造成呼吸不足，遂形成人的活潑力與興奮度不足；而當它被伸展開或被按壓通了，氣就忙著要往那兒去矣。故伸展筋骨（或如打拳、瑜伽）與按摩，常是練呼吸的前提。而呼吸，又常是逐漸自內部汩汩的沖開經穴與打通筋骨的自然功法。

即此，可知呼吸是身體何等重要又何等幽微精妙的工作啊，吾人怎能不好好珍惜每一口的呼吸呢？

（二〇〇九年九月二十二日《聯合報》名人堂）

太極拳與忘我

幾百年前，中國人發明了一套了不起的動作，隨後各處城鄉皆有人演練它，這套動作，叫太極拳。

說它了不起，是因爲美。　我自年少便不時在各處見過打太極拳的人衆，從來都看不膩，何者，美也。　六十年代初，總統府靠寶慶路的側院與靠博愛路的後門空地，早上即有職員集體練拳之舉。新公園、植物園更是不在話下。其他如圓山天文台啦、各校的操場啦，亦皆是練拳者的自我天堂。

只要見人打拳，我皆停下凝視。　拳式雖美，然眞正打得美之至極美不勝收者，老實說，太少矣。　或者說，眞正打得教你幾乎驚呼出「好」的人，未之見也。

且詳言之。太極拳是一椿快樂的拳法，同時也是一椿忘我的拳法；譬似某夜在月光下樹林後見一高手打得如痴如醉、渾然一氣，教人一輩子也忘不了，我說的「打得美」、「教人感動叫好」，便是指此。

世界大城市常見廣場前、車站口、地鐵出口、噴水池旁有人唱歌、演奏樂器、表演默劇、雜耍、翻騰跳街舞，常有精采至極、感動人至一瞬亦不瞬的境界者；然爲什麼不見有演練太極拳演練得如極高妙舞藝的高手，教觀看者看得張口咋舌？甚至他也擺一箱子收錢，一如所有的賣藝者。　你的技藝動不動人，但看箱中投錢可知。

當然，有人要說了，太極是自我修鍊；一來未必要打成美狀，二來更不必考慮觀看者是否懂此拳法之精妙而投錢。

沒錯。有人打得極好、極有功力，外行人並不能審出其美。就像有稱「牌位先生」者，打拳時上身如板，看似不甚美，實則內力千鈞。

然高手歸高手，隱逸不外現之大拳家歸大拳家；我前說的，只是快樂的演練者應當在世界任何的快樂角落演打它。在廣場、地鐵亦禁不住想演打的癮頭，否則手腳發癢。賣藝或不賣藝，炫耀或不炫耀，不重要。

喜歡打它、不時的想打它、打著它便感無比的快樂，這才是重要。功力深厚否、內勁強不強、能否在租界區將西洋大力士擊出場外等，那已是另外一回事了。

二十一世紀是追求喜歡與追求快樂的世紀。二十一世紀亦是傾聽身體的世紀。傾聽身體，最好的方法是尋氣。氣在何處？在體內深處一些零散的角落等著你去引導它們連貫在一路並令之行遊。　方法很多，打坐可以，瑜伽可以，站樁亦可以。而鬆，是最高的訣竅。鬆，再鬆，更鬆。

太極拳還未必是最快速有效的尋氣之運動。但它的渾若無物、陸地游泳動作，顯露出它是優良的忘我運動之極高可能。人若打上了它，極可能在那二、三十分鐘中獲得某種類似痴醉的仿美忘我。　而往往那種忘我，便亦是體內的氣有了少許的運行。而此時心靈的快樂，亦有了流溢。

倘一個人什麼皆沒有了；聯考也落榜了，選舉也落選了，投資也賠錢了，開店也倒閉了，但你還有一趟拳隨時陪著你，早上打一回，晚上打一回，你知道你紮紮實實的還存在於這個世界上，這就夠了。　人何嘗有成功失敗之分別，只看你有否站在地上罷了。　潛心打拳，便是最好的立於天地之間。

近聞陳氏太極拳當代掌門人陳小旺先生將於三月五、六兩日來台，在士林某中學體育館傳授示範三十八式競賽套路與技擊應用，想屆時高手雲集、切磋拳理，難得之佳會也，心深羨之。今晨又見人在台大校園打拳，此景此境，與四十年前台北宛然一式，隨手寫下此文。

（二〇一一年三月一日《聯合報》名人堂）

淺說按摩

按摩自古卽有。　而五十年前台灣雖街頭不見開店，卻巷中常傳來幽幽盲人笛聲，牆內人家便知有按摩人經過。　盲人吹笛，日據時代之遺留也。然最早亦源自中國古代。　電影《盲劍客》，勝新太郎主演，名喚座頭市，他不與人鬥劍時，平日的工作便是按摩。盲人眼雖不見，以手探筋，原可知被按者身體健康狀況。

近年按摩業極盛，大陸更處處開店。各省往往有按摩學校，供十多歲少年男女習藝，三月至半年可結課業，一年兩年則更深造。往往令農村孩子習有一技，出來得一口飯。北京塞特附近的「良子」、上海古北附近的「康友」俱多見此輩天眞無邪孩子。

壓、按、或捏，七八下後，或一二十下後，有些瘦點便不瘦了，或有些緊度便柔軟下來。這是按摩的基本功效。曉於筋絡的按摩師，主要在脊椎兩旁沿著這兩條線路，向上經過頸子直達頭頂、向下經過兩腿直達腳跟、如此的依穴位來按。大陸的師傅按著脊椎旁的筋條，遇有卡啦卡啦響，便道：「勞損很嚴重啊。」台灣的按摩師用的字則是：「這裏有一塊氣結。」

按、壓之外，亦需拉、拔。像頸部，風池穴固然需按，但更該向上稍做拉拔，一如洗頭時有些美容院會做的。而頸椎的兩側，亦需滑向肩胛來推，甚而自耳上繞往耳後再向頸旁直往肩推。又拉拔，腰椎與髖骨交接處亦適於上拉與下拔。只是拉時須已然按得柔軟(如同暖身)之後。

往往最舒服的，是一開始趴下，按摩師便在你背上一手向左、一手向右的橫向滑推，像鋪平床單似的。此種舒服，來自於腰椎之鬆開與全身之平展後獲得的大口換氣。這種「鋪平床單法」，我總嫌做的次數太少；有的師傅甚至只按兩三下，可惜。倘能按上八九下，舒展的感覺會差很多。

尚有近乎氣功式的按摩法。即按者兩手互搓出熱，再熨壓在被按者的患處（如腰痛便按在腰點上）。甚至以意引氣，注於指頭，再點穴於患處。　更有發氣者不願沾到病氣，便隔空注氣；每注一陣，便甩一下，將稍沾的「病氣」甩掉。此已是氣功治病的範圍了。　然而尋常人全身放鬆，再凝神準備將手上熱氣與力道施放在朋友背上，亦略有些微氣功治療之功。（請參看輯一〈呼吸〉一文中的「b、說幾句《科學內功》」段落）

西方將心理治療結合印度瑜伽而發展出的「身心靈式之按摩」，亦是近二十年很受矚目之高招。　主要藉由撫慰其皮膚與肌肉（當然筋骨、經穴須先展開與按鬆），配合耳聞鳥鳴、海潮輕拍岸礁等天籟音樂，鼻嗅花香或森林青翠之大自然芬芳，將被按者引至將睡未睡、完全放鬆至毫不著力之狀態。至此，便為了令他獲得愉悅、進一步渴望愉悅（如嬰兒之亟想睡眠）、追求愉悅，進而享受、進而鬆懈至不知尙有身體之存在。如此方可將早年留存身心的過往病害、傷痛、憤恨、愁怨等所札根於身體某些受害部位（如肝、胃、喉嚨、腦部等）一波波逐漸浮現到經絡、筋骨、血脈表面的聚停點，等著被身體受快樂撫慰之享受後一絲一縷的被揉按推滑掉，且在半睡或全睡的朦朧太虛神遊旅途後，其深層休息下，獲得一場大療癒。

此種達臻遺忘的按摩法，便是身心靈之眞締。

另外，身體觸按後，尙有靜止不動的「頭薦骨按摩法」。其法是：當身體各部皆撫按舒服，此時按者以手托著被按者的後腦與頸子交接處，兩人皆默默不動，被按者照常躺著，按者照常坐著，像是兩人一同打坐一般。這便是頭薦骨按摩法。

乃以人的頭薦骨爲全身各處之關鍵，經由此點之通暢，十五分鐘或四十五分鐘後，潛藏的宿疾便得到了拋卻。

養生小言

台灣社會文明進展甚速，人於外界五花八門事態極易關注，於自己區區一小身體常顯漠視，惜哉。　且來說說養生之要。

一、時時保暖與保軟——早上一起床，喝兩大杯溫開水，然後在客廳中走動幾分鐘，是爲「暖機」。　此吾友王星威的獨絕妙招。　乃一夜睡下來，人因少動，不免僵了，故醒後，最宜暖它，則血管與各臟腑可開始優良運作。倘喝的量不大之人，譬似只喝得了半杯，亦不是問題。其法是，慢慢啜入口中，含一含，令喉舌有蒸騰之汽，如此半杯熱水總算入腹，亦得暖機也。

至若保軟，人身體若夠軟，則狀況好。硬，則老化。　經絡有彈性，則體健；

反之，則體衰。　柔軟之道無他，時時令血氣通暢，時時令筋骨伸展也。

二、不宜一大早吃生冷——有人前夜將生菜沙拉先冰進冰箱，一早匆忙中吃生機的青色葉菜、有機水果，視之爲健康。但寒氣攝入，留躲體內深處，臟器與其條絡，乍受寒侵，急急縮起，日後壞處太多。

三、要多擁有呼出大氣的時機——人用力將大便解出時，這當兒，立即呼出好幾口大氣，痛快極了。此種大口之氣，會急於呼出，乃說明體內產生推陳出新之作用。大便離開腹腸，腹內餘裕頓時多了，則自然等著新氣填入。呼出之氣，也常是內臟收縮至最小時而後可再開展納新。故呼氣綿長，最養腹內臟器、管線、條理，令諸多系統皆獲得抖振與撥彈，逐漸令它們一絲絲的各司其職。這本也是氣功原理，而我等尋常人只需多注意把氣呼長便已甚受用矣。

四、要爲大便留時間——當今世界如此重視吃，處處電視談吃，可見吃之要緊。然而吃是上游，下游亦極要緊，便是拉。大便是將你前日所食與體內原本代謝釋出的廢除細胞排出的結合物。故而將此結合物愈完整的排出，身體愈健康。一趟好的大便，其實是一件治療身心的療程。要把做大便當成是做作品；倘沒做好，做溏了，做稀了，便是失去了一次珍貴的治療良機。

好的大便，也在於好的食物。濃稠的稀飯，配一個半熟荷包蛋，就著兩三顆醃的糖蒜，再有一小碟燒得軟腴的滷白菜，這類教你吃來滋味豐美、不燥不寒又極易下口、極易入腹的飯菜，同時你心裏又欣喜於它，便是好食物。常常吃下喜歡的食物，則好的大便次日可期。

據說爲了一早大得成便，許多人晚上絕不吃消夜。何也？乃腹中停止進食的時間愈充足，則十或十幾小時後的大便愈能順利完成。佛家弟子習謂的「過午不時」，當然於大便也是極佳的功法。

五、不令脊椎乾澀，不令齒根動搖——人在年少氣盛時奮鬥拚事業，煙酒無度、熬夜不眠，往往在五、六十歲呈現於脊椎的枯偏畸脆上。另有人在四十歲上下，忽的一下，牙齒掉落一兩顆，何也？常是連續一段時期憂思過深、養息又不足，甚至有的是傷於感情，或是挫於事業，皆在自己沒有警惕下，迸的一下發生了。

六、身體的熱度，是天生治病良藥——台灣又熱又溼，太多百姓極嗜冷氣，有的人終日在冷氣口下，其非永處「寒冰掌」之侵襲？許多病要癒，常是因熱度在身體發動諸多能量，或殺菌或運送養分，而令人或出汗或通氣或生出體能而致病癒。

用手互搓得熱，以之熨腰，或以之摩挲腳底，原是古來醫法。大口呼吸，令脖子紅熱，不久臉上出汗，鼻也通了，頭也不脹了。

熱度可以治病（流汗只是其表現）。呼吸可以治病。放鬆可治病。人靜止不動可治病。心靜止不思最可治病。

（二〇一二年十一月二十四日《聯合報》名人堂）

太極拳詠懷

四十年前我做高中生時，在學校的國術社裡學了太極拳，也看似頗有興味的打過幾個月。然後就丟下了。但不知爲何每十年八年總會興起再打的念頭。卻也沒眞實踐。

這幾年想得更頻了。並且經過這漫長的四十年，我發現它有更趨流行之勢。甚至它一逕是最有魅力、最具美感、最富心靈享受的一種運動。

所有的拳術皆迷人，但太極拳是其中最教人會全神盯著看、似又不全看懂、卻最沒法不一直往下研看細探的一種「類舞蹈」。即使不談內力、不談氣，有運動細胞的人打它，依然很美。動作鈍愚、或龍鍾老態的人，打了幾十年，亦有照樣很不富美感者。然兩者同樣的，皆於身心極好。

或許它的這種深蘊之美，這種柔軟又似波浪的飄搖招式，委實太不同於任何運動，也太不同於其他拳術，故有人在最著迷的當兒，即起床見窗外陽光清朗、花紅鳥叫，早已忍不住立即要打。甚至已成了一種癮頭。愛打成痴的那一段時間，在任何時候任何地方都想手動腳動。甚至聽到有節拍的音樂也想手揮琵琶、摟膝拗步一番。平日公園早上不少練拳者是隨著國樂而一招一式的打，事實上，搖滾樂的音調與節拍，我個人感覺，更激發人打拳吸引力之道。

搖滾歌手Lou Reed，六十年代創辦「絲絨地下室」(Velvet Underground) 樂團，前幾年也迷上了太極拳，甚至在演唱會上找了他的中國師傅，自河南陳家溝學藝有成的任廣義，也上場隨著音樂演打拳式。事實上，搖滾樂還頗適合襯配太極拳呢。另就是，看老外打，常有教你更眼睛一亮之驚艷。乃他們有屬於所謂西洋肉體上的自然詮釋，往往是另一番的異曲同工。且說一事，一九八七年在美國，驅車遊經佛蒙特（Vermont）州的一個嬉皮小城 Brattleboro，當晚一小咖啡館有音樂跳舞活動，我與在 Dartmouth College 教書的老友 Chris Connery 遂去參加，其間見一黑人隨音樂彈動身體，此上彼下，煞是好看；再一細看，原來是他快速的在打「倒攆猴」招式，哇，怎能不好看呢？

便因這好看是有來由的，以是最耐咀嚼。所謂有來由，是它的手足在空氣中游動，而這慢慢的游、慢慢的移，是在體內的氣的引導下而去的；當氣升時，手足往上往外；氣呼出時，則手與足飄飄落下。

我看了幾十年的這種飄飄落下，至今猶不膩，便因這種舞蹈是發自內裡，發自人的體內之氣流。也難怪，即使無法以氣鍛鍊到貫串全身，我仍要說太極拳是最值得練的一項運動。打它的架式，便已是至高的美感、至高的心靈享受。每隔一段時間你想到打它一趟，便是最好的沒有舞蹈編排（choreography）的自然隨心所欲之舞蹈。有時這種招式演練，比練氣更益於身心，乃它的美感之沁入深心，教人更如同要歌讚天地大美一般怡情悅心。

有人打了多年，感到無啥氣動效果，似乎興致低落。其實應以「上癮」的方法來求。如何上癮？便是要不就爲它的內氣鼓盪上癮，要不就索性爲它的迷人極矣之舞蹈美感上癮。兩者皆讓人受用無窮也。

（二〇〇九年十月十七日《聯合報》名人堂）

太極拳的練法

近日隨處遇著不少人，皆提到想學太極拳。然而上哪兒學、學哪一家的、學多長時間等，居然都成了問題。首先，要先確定是想習武習成練家子的那種，抑是想初探幾招簡簡之式，而將之當養生練氣的功法。

當這兩個問題被自問了以後，據說不少人傾向於後者的「淺練法」。當然，淺練法練上一段時日，當習者益發有體悟時，往往其中奧妙亦是頗具意境的。至若要練前者的精深版，亦須自淺處開始。所謂深，是太多習者覺得打著打著愈來愈感到難、感到挫折，這便是太急著求深的缺點。

初學時，究竟該先練暖身、站立、移腳、移手等前置作業，抑是直接就「盤架子」？

這絕對是個好問題。以我的淺見，不妨直接一招一招往下打，這就是盤架子；練過幾式後，再來調整身形。身形的要求如：涵胸、拔背、懸頂、落胯等。至於最前面的幾式，往往就夠初練者練上半年十個月，而有可能仍然興味盎然。當然這完全在於這幾招的上下相隨並且身形暢達，甚至氣遍周身。若練上幾星期，覺得沒興趣了，這時就可檢討是教法或學法有點問題了。

由於大夥很在意簡易版的太極拳，在台灣極多的人是練太極大師鄭曼青的「三十七式」，這三十七式打完只要七、八分鐘，對太多人而言，是最沒有壓力的。

有的人在學拳之前，先觀看各家的打法，所謂貨比三家也，然後才選那最看來順眼的來學。這不失是一種方法，但太多人看了陳式，又看了楊式，又看了鄭子，甚至有的還看了吳式，這麼看過之後，究竟能決定嗎？不容易也。

尤其是那些打很久才能打完一趟的拳，大病之後的想習之人，根本沒耐心、也沒體力細細看完。而初習者也未必看得懂每一家的難易程度。

因此太多想習者多是聽從朋友的建議而開始他的第一步。

或是在自己家附近的公園開始他的第一階段。

你且去看，不少練了一、二十年太極拳的人，他如今的拳社已是他第二或第三個落腳處矣。

我聽過一個故事，有某位女士在病床上剛開完刀，心中不想衰弱又病懨懨的這麼下去，遂硬撐著下了床，再扶著牆，花了五分鐘才走到大門，再花了二十分鐘走到馬路對面的公園，看人家打太極拳。

接連看了幾天，遂開始跟著練。幾個月後，便練得稍有模樣。幾年後，練得相當好了。如今已然二、三十年過去，她早已是楊式太極拳公認的一個傳人了。

這個故事，說出最重要的題旨：大病者或萬念俱灰者倘要習拳，最前面的幾招教法必須讓人很易入門。甚至令人對練拳後的人生很有信心。

且說「起式」，不少人打了三、五年，猶謙說自己連起式都打不好。倒不是起式怎麼打才好而怎麼打就不好這個問題，而是起式很關係到你的「氣」與當時自然而然達到的「鬆靜」有多融合的恰恰好之狀態。

起式之後，有掤攌擠按。人在初學時，很著重每一姿勢的正確，卻又不知到底做得是否到位，這一來要靠自己體悟，二來有的人說，最好有明師指點。

倘說自己的體悟，往往在於個人的運動神經或藝術細胞。且看太多運動天分高的人，有的像老外，有的像黑人，他們打起太極拳來有他們的想像力，甚至有他們自己做爲舞蹈家的衍發，往往也逸趣橫生。

但這是武學家想精深自己藝業的高階練法，是相當有意思的境地。如今先說健身養生的部分：要把太極拳的不用力、放鬆等的特質，置入你要健身鍛鍊的過程中。就像有的人要把幾千公尺的途程與大量的喘氣、極多的流汗置入他四十分鐘的跑步中是相同的道理，只是練法不同。

你要選太極拳而不選跑步、不選瑜伽、不選重力訓練、不選跳舞，必然有主體上的原因。只要循著這個原因來練，自然能得到它的效果。太極拳的主體是練氣，亦是養神。不做過多的蹦跳、不做強大的呼吸（一如跑步）。太極拳不做太強烈牽拉的伸展（一如瑜伽）；雖然它亦有相當有效的脊椎與筋膜的延展，但那是由逐步蓄養的內氣來漸次瀰散推發的，這與瑜伽略有不同。太極拳的舞蹈部分，與芭蕾、佛朗明哥、夏威夷舞等舞蹈在不少要領上極爲相通(兩手的轉呈圓弧，如野馬分鬃，與佛朗明哥、夏威夷舞、甚至唐朝的胡旋舞相似)，在美感上亦能帶給人極高的愉悅甚至忘我;然在氣的蘊養上與心意的流溢上，仍然極爲不同。

這個世界每天皆有無數人在找尋自己健康的鑰匙，太極拳只是其中一種，有可能是最好的一種，但也要習練者自己放鬆的、安靜的、來一步步妙手偶得也。

(二〇一五年十二月二十一日《今周刊》)

美好的生活，要

坐日本免治馬桶。

赤腳踩在不上漆的木頭地板上。

住美國式木造房子（那種廳與廳之間偶有French door的。但不坐美國式沙發）。

唱義大利歌劇。也聽六、七十年代英美搖滾樂，並隨之以任何狂放手足揮展形式起舞。

喝中國茶（如武夷岩茶、台灣高山茶，以及某些老茶）。然不能多，亦不宜整個下午皆耗茶桌旁且自認是閒情偶寄。喝茶，最是不可固執獨抱，且看多少自命是茶家之士，其神情可知。

吃歐洲式自然發酵的各式麵包。偶爾佐喝廣東煲湯。

登黃山、雁蕩山、武夷山、華山、三清山、天柱山、河南雲台山這類奇特山形的中國名山。

唱京劇或崑曲那種須用小嗓將音發至清越之戲曲。有時在家低聲唱，有時在票房與票友同樂，更好的是在海邊獨自一人高唱。也唱黃梅調，至哀怨處，亦可邊涕淚縱橫邊唱。

能常在澡缸內泡澡，且不必急著起來。常在空氣鮮新（如不是冷氣與化學建材滿佈）的地方睡覺。

偶在偏僻田村小停，能夠從早到晚赤腳行於黃土地面上達好幾天之長。

盤腿坐榻榻米上。也偶被柔道高手很富技巧的輕摔在榻榻米上。

自積滿厚雪的坡地滾下山來（不在雪季，亦可選草坡或沙漠土坡打滾）。

打太極拳或八卦掌（打完意猶未盡，還可伏案揮毫寫行書草書一兩百字）。

松下聽古琴。

常每隔不久（如幾天）會讀到好的文章或聽到喜歡的音樂。並因而掩卷遐想。

常每隔較久（如幾個月）會讀到好的書或觀到好的電影。並因而與朋友徹夜討論。

在遙遠車站枯候無聊時，耳聞身旁人講出一個笑話，四座皆大樂不止，忘卻身處何境。

黑夜中倉促下榻湫隘鄉野小旅店，次晨醒來，一開窗，見大江橫在眼前，霎時心曠神怡。

在英格蘭、蘇格蘭、愛爾蘭的海邊遠足，感受蕭瑟與空遠之無上純淨美與清冷。

在日本偏遠地區洗溫泉。尤其是下了火車再步行一小時進入山谷幽處終於見到煙氣飄渺的熱湯。

練中國式的站樁。也練易筋經、六字訣。要不就無事枯坐。

坐中國矮榻、日本長方床、或亞洲（菲律賓、印尼）板凳與藤椅。

坐德國或北歐四、五十年代後設計之人體工學椅子。

吃日本的冷飯（如壽司與便當）。也吃山西的麵食與北方的諸多粗糧。

常在火車或長途巴士的搖晃中睡到至熟，至不知何所停也。

全身穿戴密實厚暖的在雪地行走達數小時，至停止時，恰來到好友或舊識的家門前。

常能遊經天然山泉的水窪或池塘，並撲通一下躍入游泳，起身後在池畔漫躺終日。

衝浪與滑雪（充分享受借力使力的滑溜與飛翔至樂）。

按摩（不論是中國式捏筋壓穴，泰國式抬腿彎膝、伸拉骨骼，西洋式精油滑背，或甚至是鬆懈身心、催人入於無有之境的身心靈式等派別）。

常遇上能講好話題的同伴，且一聊便幾個小時忽的溜過去了。

常得見好的風景（如大雪紛飛，如夕陽瑰麗，如梅花滿山，如怪石嶙峋，如牛羊狂奔……）。

（二〇〇九年十二月七日《聯合報》名人堂）

太極拳淺探

爲何太極拳與八卦掌、形意拳皆並稱內家拳，怎麼個「內家」法？（請參看輯一〈練出中軸線〉一文）

然太極之盤演，與形意、八卦之盤演，至少有一事不一樣，即太極一式之完成，打起來較慢，而形意一式之完成，並不太慢。尤其形意之出招與收回，較直；而太極則較圓弧轉繞。此二者之不同也。

初練太極者，用手打。練至一段時日，漸知用身體打（即了解楊澄甫謂鄭曼青之「太極拳不動手」者）。練至較高，則知用心打。

太極之招式。如何方是一招式？此招打至何處方是其定處？此式演完何以變成下一式？　這數點皆有其道理也。　要之便是將身手施往「開」處再回返「合」處是也。

另者，太極出招，直接向前擊人的，不多。　大多還是自顧自的轉圓弧。　往往每一定式完成，不怎麼在於手擊中對方何點，而更在於頭的上頂與胯的下坐這種上下拉拔所產生的「弓」勁。　也正因爲頭要向上頂出凌霄之志，腳要向下踩出泰山難撼之勢，也於是楊澄甫會說：「太極拳不動手。」而陳式太極拳的陳長興多年打拳皆是直著身軀故而鄉人稱他爲「牌位先生」是也。

太極拳要打得自然，如同是自家發乎中又隨手打出來者。　最不可打成縮胸斂胯而後伸肩延臂，抖扭不已，彎來繞去等等之勢。事實上坊間有打成如此者，稱一些別的名字是也。　這就像書法之例，有將筆勢扭來抖去，用意太過之寫法。此類肉麻版的書法，與肉麻版的太極，一樣教人啼笑皆非。

鄉家製菜，淳樸天成，巧手融來，無物不成佳味。如菜飯，如臘肉炒筍，如薺菜肉末春捲，這就如深谷鄉溝中村人打拳，每日閒打，隨手而練，常打出最自得之形架，天成極矣。萬不若硬學硬仿而成之拗手架。

人要找出天然之途徑。人亦要規避矯情造作之外觀也。

打太極拳，要打得「手上漸有了拳意」，喻之於燒菜，亦是。即：要將這道菜燒成了是「自己手下的菜」，斷不可盡做些東施效顰菜也。

內家拳者，皆是由「拎起身軀」再向外舞出拳勢。而此拎起身軀，用的是意與氣。意發動腳底輕輕踩出力量，撐及胯，隨即小腹一收，腰脊上引，然後頭頂一懸，這麼一套便是打拳出力之始也。形意拳出招是如此，出完，手落，身軀腰脊又回復鬆平。這便是一開一合。太極拳亦同，只是它是圓弧形動作，故顯得開合較慢，然腳踩、腹收、脊拉、頂懸完全同理，待招式收合，軀臂再回後鬆平放下。

內行的練家子有所謂「氣走筋膜」的說法。故內家拳打上一陣子後，不管是身上覺察有了些氣，或是人走起路來全身筋骨比較有彈性，皆爲明證。

欲臻此，便要極鬆極鬆的來打才成，斷不可用絲毫「拙力」。而放鬆二字，何難的一個境界。有時也只能在無盡的演練中求之。

何謂鬆？以淺階言，沉肩墜肘謂之鬆；以深階言，內氣下沉謂之鬆。

只有極高的靜，可以獲得極高的鬆。也就是站在那廂，在起式前，便先需放得極鬆，同時心極靜，這時把手緩緩抬起，才有氣的意指。初練了一段時日，不妨先自問：最喜歡打哪些招式？猶記四十多年前在高中的國術社學拳時，最愛打

「摟膝拗步」與「進步搬攔錘」。爲什麼？啊，是了，是兩式較有打拳的架勢。也可能是拳譜書上楊澄甫這兩式照片委實是淵停嶽峙。

至若較不愛打的招式，則如「提手上勢」。乃這式像是自動態的拳韻流轉中突然停歇下來，再把手「擱放」在一個位置似的。　它是擱放，而不是打拳。　舉例言，「斜飛式」打完，再把手自很遠處收回來，「放」成提手上勢，幾乎有一點很不情願。

這種有愛打的、不愛打的招式之念頭，莫非便是各派拳家後日自己創拳所終於形成的各家拳架？

（二〇一六年三月二十六日《聯合報》名人堂）

太極練法之再探

有人拳打了一、二十年，一直不知自己有何進境，甚至對氣的體察亦感到甚是飄渺，竟至興趣有些缺缺。

亦有打了一輩子，身體固是養得不錯，卻永遠打成一襲老弱頹喪相，此亦可惜之事。其實太極拳無須視爲老人拳，那些深有運動美感之人原可以將太極拳打成行雲流水如公孫大娘舞動劍器之高妙藝術，並且絲毫不影響其養生息心之絕高功能。

先說氣。演練拳架，雖要身動、手動、腳動，像是不少外家拳亦要操使的動作，然其實「內」的察覺十分要緊。如「摟膝拗步」的抬腿，不是以腳踩地令之生反作用力而升起，亦非自膝蓋發出「抬高」之指令而出力提起，有一點像是自胯發出的抬力。而更像是據高手言，應當是由體內發自腎；然腎並不能出力，故而是以意引導腎發出向上輕輕一提的指令，當人極鬆靜時，內與外很相通，腿腳往往很輕柔的可以高上或低下。

至若有些招式，腳須自高處放下，踩平在地，初練者踩下並不很穩很柔，或說，並不很有氣的樣子。這亦同理，是沒有令胯間的氣經大腿、小腿貫注到腳，並從湧泉滲出，下注入地。

也就是說，身體裡面涵著氣，腳踩在地才會顯得輕柔有彈性，如邁步如貓行云云。

又常有「將拳變掌」，這亦是有方法的。乃將半握之拳緩緩張開，像有東西陸續自拳心將掌指撐開一般。這又似「吐出」，即如杜甫詩「四更山吐月」中的山要把月吐出似的。

最明顯的說法，是起式的兩手，最好是「被動的騰起來」，而不是由你主動舉抬起來的。

此等皆言氣也。

爲了起式的手能自然飄起，許多人在起式前先站上一會兒樁，以靜來蓄積氣也。然亦有人站樁委實不太容易站進去，七、八分鐘過去猶感浮躁，那還不如舞動身體來打拳。往往打著打著倒反而平穩沉靜了。太多人打過一、兩趟拳架後，再開始打起式，倒反而手飄騰得比較自然了。

有人在某一段時日裡極迷太極，極想每一刻皆拿來練拳。這是很珍貴的經驗。

然而「矢志去練」、「潛心苦練」究竟是個什麼樣練法？是早上兩小時、下午兩小時、晚上再兩小時嗎？

據說早也打、午也打、晚也打的練法，練兩個月也足矣。接著不可練得太「緊貼」，否則一來會呆悶，二來會有「執固」之可能。

也就是，晨起練一小時，睡前練一小時，其餘時段練別的，如游泳、如瑜伽、如柔道。游泳者，教人筋骨伸展又不使上拙力。瑜伽者，教人伸仰軀體兼專心凝神。柔道者，得以在榻榻米上滾動捲身，最能在臂膀、肩、頸、股臀上觸碰實物而聽察力勁也。

倘能再玩衝浪，則更能獲更高層之專注與隨波俯仰後之圓融。且下了浪，步於沙灘，人是全然放空。

玩滑雪亦是。跳芭蕾舞亦是。故而說到最後，太極壓根是適合活練的功法。這就是爲什麼練拳者行有餘力時，練練劍、練練白蠟桿極是尋常。乃白蠟桿甩出，再拖回時，能以腰旋肩，以肩引肘腕而達桿尖。即隨物可以試力，又隨時可以練勁也。

太極練得勤時，下了課，走在路上，亦很自得。偶見籃球場上有人打球，也下場來打。運球順時，只覺手心能吐球下地再吸球入掌，而一邊運球一邊移步直如行雲流水，像入無人之境。那種隨心所欲的飄移之感，實是運動的最高境界。也可以說，好的籃球高手打起球來，活脫便是內家拳。故而練太極往往是心靈亦須求得高昂。倘無心漸至高昂，只一意因循素日模樣，豈不可惜？

（二〇一六年五月十四日《聯合報》名人堂）

老來教拳之念

有時我自問：老來想做何營生？

東想想，西想想，後來給自己一個答案：「老來索性以教拳維生好了！」

但我的拳技能教嗎？我這麼淺薄一點功夫能拿來教人嗎？　老實說，不能。

但老來每日慣在空地上琢琢磨磨，日復一日，年復一年，如果這種淺淺淡淡的心得，不把它傳述給旁人，會不會有些可惜？

主要就是爲了這個「傳述」。

我未必要把拳打得多好、多出神入化，然後才去教他把拳架調整成準確無誤兼且美觀。我也未必要有五十年的內勁功力、能一碰便發人於幾丈之外，於是教他行氣蓄勁而終至也能發人。

我不必做這樣的教拳先生。

我可能想教他打拳的一些妙處。　像打了拳後，我看待走路的角度。像打了拳後，我看待自己站在捷運站月台或不動或微動的方法甚至趣味。　像打了拳後，我觀賞夏威夷舞的國寶老先生國寶老太太他們舞姿之功力深厚的涵蘊。

打了拳後，我看電視轉播跳高比賽，一眼就看出這個選手將要赴跳的問題。　老實說，已然非常想跟他說上幾句教他愈跳愈舒服的話。

也就是說，如我老來教拳，我很想有跳高選手來上我幾堂課。我也想有籃球隊員樂意來上課的。甚至游泳選手也知道找上一個太極拳老師來練上幾個星期（保守而言）、聽上十來個小時的拳理課。

我十分樂意把我體悟的拳理，講述到他們的體育專業上，而令他們有更大的本門突破。

也就是說，當他們的拳還未打得多麼好、還未窺得多麼高深的門徑，但跳高已能跳得更輕靈、更高、更富自信了，籃球之過人與帶球上籃更感到一種隨手拈來的輕而易舉，游起泳來之閉氣與擺臀更柔滑自然了。

我想傳授的，是像這樣的。

我也想教他們拳以外他原本也或許心中一直追索的人生中之門道。

也於是，原本就是書法勤練者，來此學拳（應是爲了健康之類），結果幾個月過去，有一天，他說：「奇怪，我近來感到字愈寫愈好了！」我聽了後，心中會竊竊的高興，高興好一陣子。

在大學裏教授詩詞的學者，如也爲了養生來學拳，後來言談中，說到對詩詞造詣更有進境了，那我也會自己偷偷感到欣慰。

再多說一些跳高的例子。電視上的跳高選手，多半是天生適合跳高的體質，瘦高，腿長，彈性好。當他們起跳如果是一米八八，最後的冠軍如果是接近二米一幾，那他該跳多少次？

許多的選手，便是在八次、十次之跳躍後，似乎有彈跳力不濟之現象。然而他在一米八八的高度時，往往一跳是超過竿子十多公分的那麼高，何以在一米九幾時反而會兩跳而不過？

顯然，跳高有幾個研究點：一、會不會愈跳愈累？是不是應該讓自己在疲累之前就挑戰最終的高度？二、跳多少次，是你這個選手心態和體能最可負荷的能耐？尤其是心態；須知一直跳、一直跳，往往造成心思上的某種緊張，某種愈來愈強的得失心。這比體能給人的影響更大。

於是，太極拳能否對跳高產生幫助？我的觀察如此：一、跳高選手的助跑，嗵、嗵、嗵、嗵、嗵、嗵、嗵、嗵、蹦的一腳蹬下，人飛翔起來，過竿，接著落入軟墊。這個「一腳蹬下」，除了靠腿力、靠腰力等肌肉筋骨力，如果能靠一些「內力」如氣，則這腳之蹬下，飄翔起來的身體會顯得更輕、更高揚、更浮起。這是太極拳相當可能幫上忙的。二、跳高選手面對這個竿，一逕有的心理變化；這也是太極拳的優勢。怎麼說呢？太極拳練你的心性，練你的慢，練你的呼吸之柔、勻，並且練你的氣長。

如果把練拳的心得，用在跳高場上，則這幾十次的跳，並不至令人緊張疲累，這就能出好成績了。

太極拳最要緊是要練出鬆與靜。而高端至極的鬆與靜，人會幾乎感到自身如無物，無物至將要浮飛一般。

當然這是很高的境界，然以之用於訓練跳高，正是最佳方法。

跳高講了那麼多，主要說明教拳之樂是樂在這類地方。

太多人來學拳，學著學著，竟然脊椎側彎有了顯著的改善。太多人學著學著，頸椎的間距由窄變寬了。太多人學著學著，腰疼慢慢不見了………這些都因爲太極拳是極好的脊椎收放運動。

我又有一些觀察：太多人學了一兩年，總擔憂自己打得不好。而好的老師應該教育他：「你不要忙著把拳打得多好，要一天一天愈打愈舒服、愈打愈愉快。這種舒服與愉快，便是拳在身心內部被打好了。這比外在的拳架子好，更重要！」

（二〇二一年三月十八日《聯合報》副刊）

再談太極拳

許多人練了好幾年太極拳，仍然說不知自己究竟打出什麼心得來。甚至還說，不知自己到底打得對不對。

其實太極拳是極講進境的一種運動，或說修行，或說藝術。它是每年有每年的新體悟、新探求、新獲得、新樂趣的鑽研。倘好些年打下來，猶沒有什麼興味，沒有什麼身體感受，或沒有任何投射激盪，則很有可能他一逕沒有「進到拳裏面」或說他「心不在拳」。

舉例言，太極拳追求鬆與靜。許多習拳者打了多年，並沒太在意究竟鬆了多少又靜了多少。這便是沒眞正把拳想在心上。須知鬆，是令自己鬆開身體來盤拳架子；同時又是令自己恆心練拳架來把身體逐漸練鬆。可見鬆的程度，是很難很慢的進境。而鬆，亦是可以觀測的。血壓降低了，是一種鬆。甚至血糖降低了，更是鬆的更高境之表現。夜裡睡得更好了，是鬆的很簡明之例。

乃鬆，是副交感神經得以完備作用之因由也。鬆，實是一種內部的休息。

然鬆之一物，並非只有打太極拳方能獲得。瑜伽也教人放鬆。冥想，也令人鬆。催眠，也把人送至鬆的境域。許多人只要沒啥心事，根本也蠻鬆的。

但既然打上了太極拳，則不妨在這趟拳裡謀取鬆靜之追求。倘打了好些時日，連鬆猶未感受，那何不在瑜伽的「攤屍式」中求之？何不在蛙式游泳中求之？何不在打坐中求之？何不在「蘇菲旋轉」中求之？甚至在暢吼高歌的「廣場舞」中求之？

太極拳講鬆，先講人體工學的法則。如謂「沉肩墜肘」。肩不聳，是鬆。要把肩沉下，其實是頸椎與胸椎皆上提的效果。頸椎與胸椎何以上提了一陣，又莫名其妙的跑掉了，形成肩又聳起來呢？這一來是心理上遇到了緊張的理由，二來支撐胸椎、頸椎的腰椎與尾閭（甚至其內的臟腑）並不那麼厚實飽滿，於是上段脊柱少了供應的能源，致心理上只好提醒或暗示肩膀要聳了起來以為應敵之可能也。

故而把脊椎練紮實，是為鬆之第一步。

拳經中謂「尾閭中正神貫頂，滿身輕利頂頭懸」，便是在脊柱上做文章。全身如同一團軟肉都讓它垂下，惟有一樣東西還提撐著，便是脊柱。而太極拳強調的工學，有涵胸，有拔背，皆指明脊柱的曲線，更重要的，是懸頂。乃頸項下面有弓起的大椎，懸頂做得好，則全身之結構卽能掌握，所謂「牽一髮而動全身」也。以貓為例，貓多麼鬆柔，然你看，主人要把貓拎起，移牠到別處，他所拎的位置是貓的脖子處之脊旁筋皮，而貓完全不會不舒服。故練內家拳，脊椎最要拎提來練，而懸頂，是拎整條脊柱最佳的「提綱挈領」位置。

頂頭懸了，便「滿身輕利」了，這就是鬆。

再說初練的招式。一開始的掤擺擠按，要設法先練出味道。主要自起勢中的「太極式」將要往下生出陰陽，遂化成最不明顯拳式的那些掤擺擠按。高手在老年時自己偶隨心打掤擺擠按，往往打得模模糊糊，然卻是同氣團相揉碾得極是有致。可見掤擺擠按是既可以打成楷書體，亦可以打成隸書體，更可以打成行書草書體。

掤是太極拳的母式，是太極拳最本質的一招。它有點像是用手臂向外撥，但又是向外漲開，這主要是做到開合相寓中的「開」。而擺則有點是掤的收回。掤擺擠按四式合成一個叫「攬雀尾」的複合招，而要攬成這個雀尾，已然將胸懷前的氣球摩撫勻轉得柔活圓膨，是很值得深練的。據說楊露禪半招攬雀尾打遍天下，可見攬雀尾不可小覷，也難怪拳經首句卽謂「掤握擠按須認眞」（接下的幾句是「上下相隨人難進，任他巨力來打我，牽動四兩撥千斤」）。

掤的出手形式（更像是「出臂」），似無意於打人，更像是要聽勁；卽與敵方的臂搭住，而後「沾連黏隨」，遇最好時機，一發，則丟人於幾丈之外。

而靠，有點像將掤的角度抬高至上臂與肩。

而不管是掤或靠，頭皆要向正上方微頂，像是挨一挨上方幾公分處的如棉花般之雲朵。

（二〇一六年四月十九日《聯合報》名人堂）

我與打拳

看世界的方法 284

文字／書法　舒國治

封面設計　吳佳璘
責任編輯　林煜幃

發行人兼社長	許悔之	藝術總監	黃寶萍
總編輯	林煜幃	策略顧問	黃惠美．郭旭原
設計總監	吳佳璘		郭思敏．郭孟君．劉冠吟
企劃主編	蔡旻潔	顧問	施昇輝．宇文正
行政主任	陳芃妤		林志隆．張佳雯
編輯	羅凱瀚	法律顧問	國際通商法律事務所 邵瓊慧律師

出版　有鹿文化事業有限公司｜台北市大安區信義路三段106號10樓之4
T. 02-2700-8388｜F. 02-2700-8178｜www.uniqueroute.com
M. service@uniqueroute.com

製版印刷　鴻霖印刷傳媒股份有限公司

總經銷　紅螞蟻圖書有限公司｜台北市內湖區舊宗路二段121巷19號
T. 02-2795-3656｜F. 02-2795-4100｜www.e-redant.com

ISBN　978-626-7603-26-0　　定價　400元
初版　2025年4月

我與吃飯 / 舒國治著 — 初版．— 臺北市：有鹿文化事業有限公司，2025.4．184面；14.8×21公分 —
（看世界的方法；284）ISBN 978-626-7603-26-0（平裝）　863.55　114004268

書封｜香草紙 250g
書腰｜素紙 100g
扉頁｜彩虹色紙 125g
內頁｜嵩厚劃刊 76g

讀者線上回函　更多有鹿文化訊息